Une histoire
pour chaque soir
à lire à toutes les petites
princesses

Conception graphique : Marie Pécastaing et Père Castor
Suivi éditorial : Anne Kalicky

Textes intégraux

Imprimé par Pollina, Luçon, France – 09-2011 - L57968
Éditions Flammarion (n° L01EJDN000655. N001)
87, quai Panhard-et-Levassor, 75647 Paris Cedex 13
www.editions.flammarion.com
Dépôt légal : octobre 2011 – ISBN : 978-2-0812-4920-2
Loi n° 49-956 du 16 juillet 1949 sur les publications destinées à la jeunesse

Une histoire
pour chaque soir
à lire à toutes les petites
princesses

Père Castor ▪ Flammarion

Sommaire

La princesse au petit pois

D'après Andersen, illustrations d'Annette Marnat

Il y avait une fois un prince qui voulait épouser une princesse, mais une *vraie* princesse !

Et il voyagea dans le monde entier pour en trouver une. Mais c'était bien plus difficile qu'il ne l'avait cru.
Certes, il y avait beaucoup de princesses, seulement comment savoir si c'en étaient des vraies ?
Il ne pouvait s'en assurer tout à fait.
Toujours quelque chose n'était pas comme il fallait.

Il rentra chez lui, tout chagrin, car il n'avait pas trouvé de vraie princesse à épouser.
Or, un soir, il y eut un temps affreux ; éclairs et tonnerre, torrent de pluie.
C'était effrayant.

Soudain on frappa à la porte du château, et le vieux roi alla ouvrir.
C'était une princesse qui était dehors.
Mais, Dieu ! de quoi avait-elle l'air, avec cette pluie et ce vilain temps !
L'eau ruisselait de ses cheveux et de ses vêtements, entrait dans son nez et dans ses souliers, et en sortait par les talons.

Bien qu'elle n'en eût pas l'air, elle assurait qu'elle était une vraie princesse.
« C'est ce que nous verrons ! » pensa la vieille reine qui ne dit mot.

La reine alla dans la chambre à coucher,
défit complètement le lit, et déposa au fond
un petit pois.

Ensuite, elle prit vingt matelas, qu'elle empila
par-dessus le pois, et entassa encore vingt
couettes de plumes par-dessus les matelas.
C'est là que la princesse devait coucher.

Le lendemain matin, on demanda
à la princesse si elle avait bien dormi.
– Oh, horriblement mal ! dit-elle. Je n'ai pu
fermer l'œil de toute la nuit ! Il devait y avoir
Dieu sait quoi dans mon lit ! Il était si dur
que j'en ai le corps couvert de bleus.
C'est terrible !

On vit ainsi que c'était bien une vraie
princesse. Seule une vraie princesse pouvait
être assez délicate pour sentir un petit pois
à travers vingt matelas et vingt couettes
de plumes.

Le prince la prit donc pour femme,
car il était persuadé d'avoir enfin trouvé
une vraie princesse.

Quant au petit pois, il fut placé dans
une vitrine, à côté des objets d'art conservés
au palais. Il s'y trouve encore... si personne
ne l'a pris.

Boucle d'or et les trois ours

Raconté par Rose Celli d'après la tradition russe,
illustrations de Gérard Franquin

Boucle d'or était une toute petite fille aux
cheveux bouclés et dorés, qui habitait avec
sa maman une maisonnette près du bois.
– Boucle d'or, lui avait dit la maman,
ne t'en va jamais seule au bois. On ne sait pas
ce qui peut arriver, dans le bois,
à une toute petite fille.

Un jour, comme elle se promenait au bord
du bois, au bord seulement ! Boucle d'or vit
briller sous les arbres une jacinthe bleue.
Elle fit trois pas dans le bois et la cueillit.

Un peu plus loin, elle vit une jacinthe
blanche, plus belle encore que la bleue.
Elle fit trois pas et la cueillit. Et, un peu plus
loin, elle vit tout un tapis de jacinthes bleues
et de jacinthes blanches.

Elle y courut et se mit à faire un gros bouquet.
Mais quand elle voulut sortir du bois, tous
les chemins étaient pareils. Elle en prit un
au hasard et elle se perdit. Elle marcha
longtemps, longtemps…

À la fin, bien fatiguée, bien triste,
elle allait se mettre à pleurer quand,
soudain, elle aperçut à travers les arbres
une très jolie maison. Toute contente,
Boucle d'or reprit courage et alla vers
la maison. La fenêtre était grande ouverte.

Boucle d'or regarda par la fenêtre. Et voici
ce qu'elle vit :
L'une à côté de l'autre, bien rangées, elle vit
trois tables : une grande table, une moyenne
table et une toute petite table.

Et trois chaises : devant la grande table, une grande chaise ; devant la moyenne table, une moyenne chaise ; devant la petite table, une toute petite chaise.

Et, sur chaque table, un bol de soupe : un grand bol sur la grande table ; un moyen bol sur la moyenne table ; un petit bol sur la toute petite table.

Boucle d'or trouva la maison très jolie et très confortable, sentit la soupe qui sentait bon, et entra.
Elle s'approcha de la grande table, mais, oh ! comme la grande table était haute !
Elle s'approcha de la moyenne table, mais la moyenne table était encore trop haute.
Alors elle alla à la toute petite table, qui était tout à fait juste.

Boucle d'or voulut s'asseoir sur la grande chaise, mais voilà : la grande chaise était trop large. Elle essaya la moyenne chaise, mais *crac...* la moyenne chaise n'avait pas

l'air solide ; enfin elle s'assit sur la toute petite chaise, et la toute petite chaise était tout à fait juste.
Elle goûta la soupe, mais, *aïe !* comme la soupe du grand bol était brûlante !
Elle goûta la soupe du moyen bol, mais, *pouah !* elle était trop salée.
Enfin, elle goûta la soupe dans le tout petit bol, et elle était tout à fait à point.
Boucle d'or l'avala jusqu'à la dernière goutte.

Boucle d'or se leva, ouvrit une porte,
et voici ce qu'elle vit : elle vit, bien rangés,
l'un à côté de l'autre, trois lits : un grand lit ;
un moyen lit ; et un tout petit lit.

Elle essaya d'atteindre le grand lit,
mais il était bien trop haut.
Le moyen lit ? *Peuh !* il était trop dur.
Enfin, elle grimpa dans le tout petit lit
et il était tout à fait juste.
Et Boucle d'or se coucha et s'endormit.

Cependant, les habitants de la jolie maison
revinrent de promenade, et ils avaient très
faim. Ils entrèrent, et voilà : c'étaient trois
ours ! un grand ours ; un moyen ours ;
et un tout petit ours. Et tout de suite,
le grand ours cria, d'une grande voix :
– Quelqu'un a touché à ma grande chaise !
Et le moyen ours, d'une moyenne voix :

– Quelqu'un a dérangé ma moyenne chaise !
Et le tout petit ours, d'une toute petite voix,
dit :
– Quelqu'un s'est assis dans ma toute petite
chaise !
Puis le grand ours regarda son bol et dit :
– Quelqu'un a regardé ma soupe !
Et le moyen ours :
– Quelqu'un a goûté à ma soupe !
Et le tout petit ours regarda son bol
et se mit à pleurer :
– Hi, hi, hi ! quelqu'un a mangé ma soupe !

Très en colère, les trois ours se mirent
à chercher partout.
Le grand ours regarda son grand lit et dit :
– Quelqu'un a touché à mon grand lit !
Et le moyen ours :
– Quelqu'un est monté sur mon moyen lit !

Et le tout petit ours cria, de sa toute petite voix :
– Oh ! voyez ! Il y a une toute petite fille dans mon tout petit lit !
À ce cri, Boucle d'or se réveilla et elle vit les trois ours devant elle.

D'un bond, elle sauta à bas du lit, et, d'un autre bond, par la fenêtre.

Les trois ours, qui n'étaient pas de méchants ours, n'essayèrent pas de la rattraper.
Mais le grand ours lui cria, de sa grande voix :
– Voilà ce qui arrive quand on n'écoute pas sa maman !

Et le moyen ours, de sa moyenne voix :
– Tu as oublié ton bouquet de jacinthes, Boucle d'or !
Et le petit ours, de sa toute petite voix, eut la bonne idée de crier aussi :
– Prends le tout petit chemin à droite, petite fille, pour sortir du bois.

Boucle d'or prit le tout petit chemin à droite, et il conduisait bien vite hors du bois, juste à côté de sa maison. Elle pensa :
« Ce tout petit ours a été bien gentil.
Et pourtant, je lui ai mangé sa soupe ! »

Petit oursin

Martine Lagardette, illustrations de Sophie Mondésir

Justine aimerait bien que sa grand-mère Mam'Fifine vienne la voir plus souvent. Mais Mam'Fifine vit très loin, sur une île au milieu de l'océan. Alors, pour lui montrer combien elle l'aime, Justine lui écrit de longues lettres...

Chère Mam'Fifine,
Depuis ma dernière lettre, il s'est passé beaucoup de choses. D'abord, je suis allée au bord de la mer. L'eau était très froide et beaucoup moins bleue que l'océan qui entoure ton île.
Dans le ciel, de gros nuages qui portent des noms de fleurs avançaient, poussés par le vent.
Papa et Maman disent que ce sont des cumulus et des nimbus. Ils étaient larges et légers comme tes jupons brodés.
Ensuite, j'ai été invitée à l'anniversaire de mon copain Victor. J'en ai profité pour changer de coiffure.
Le même jour, j'ai reçu le gros colis que tu m'as envoyé...

Plusieurs fois par an, Mam'Fifine envoie à Justine des colis remplis de pots de confiture et de fruits délicieux aux noms étranges : maracujas, bananes-figues, pommes-calebasses, goyaves... Et ce matin, justement, le facteur en a apporté un, encore plus gros et plus lourd que les autres. Justine se dépêche d'ouvrir le colis. Elle dispose soigneusement les fruits odorants et les pots de toutes les couleurs sur la table de la cuisine.
« Pour son anniversaire, je vais offrir à Victor le pot de confiture d'ananas et un gâteau aux noix muscades. »
Justine a aussi un autre projet : elle aimerait changer de coiffure, mais ses cheveux lui donnent beaucoup de soucis. Ils sont tellement difficiles à démêler. Le matin, malgré l'aide de sa maman, Justine passe tellement de temps à se coiffer qu'elle arrive toujours en retard à l'école. Au moindre coup de peigne, ses cheveux gonflent.

« Je ressemble à un oursin… »
« À un soleil noir… »
« À Eliot-le-chien… »
Ses cheveux résistent à toutes les brosses et
à tous les peignes. Impossible de les attacher.
Et si, après avoir cassé beaucoup de barrettes
et d'élastiques, Justine y parvient enfin,
le résultat est catastrophique :
« J'ai l'air d'un radis… »
« D'un chou-fleur… »
« D'un plumeau… »

Quand sa maman essaie de lui faire des
tresses, c'est pire encore. Ses petites nattes
se dressent comme des arbres bien serrés
qui auraient poussé au sommet d'une colline.
À la mer, même le vent qui vient du large
ne parvient pas à les bouger. Jamais Justine
ne pourra avoir de belles mèches bien lisses
comme celles de son amie Mélodie.
La maman de Justine a une idée.
– Je vais défriser tes cheveux avec mon fer
à repasser.

Justine n'est pas rassurée :
« Je vais sentir la sorcière brûlée... »
« C'est le barbecue de la fée Carabosse... »
« Appelle les pompiers... »
Finalement, après toutes ces émotions,
le résultat est plutôt satisfaisant.
Les cheveux de Justine sont aussi raides
que les poils du gros pinceau que Maman
utilise pour repeindre les fenêtres.

« Glung ! Glung ! »
C'est Mélodie qui arrive. Comme tous
les jours, elle vient chercher Justine pour
promener Eliot-le-chien. Les deux amies
sont à peine arrivées au coin de la rue,
que de grosses gouttes se mettent à tomber.
C'est la catastrophe. Adieu les mèches bien
lisses... Et les cheveux de Mélodie pendent
lamentablement. Elles n'ont plus qu'à rentrer
à la maison pour se sécher. Enveloppées dans
de grandes serviettes, Justine et Mélodie
se réchauffent. Des larmes aussi grosses
que les gouttes de pluie coulent sur leurs
joues. Justine est bien triste.
« Je suis comme une châtaigne dans un
panier d'œufs... »
« Une noisette sur la neige... »
– Pleure pas Ti Zozio, Papa va tout arranger.
Il s'arme aussitôt de son grand peigne
en bois aux dents longues comme celles
d'une fourchette. Papa démêle...

Tout doux, tout doux
Démêlons !
Avec le grand peigne
Dans les cheveux couleur châtaigne
Tous les petits nœuds s'envoleront
Tout doux, tout doux
Démêlons !
Et les perles danseront.

Papa tresse...
Bientôt, une multitude de nattes décorées
de perles et de papillons colorés se dressent
comme un manège. Papa recule pour admirer
son travail. Il est fier de sa fille :
– Tout le portrait de sa grand-mère !

« Glung ! Glung ! »
Cette fois, ce sont Kim, Grégoire et Félix
qui viennent chercher Justine et Mélodie
pour aller chez Victor. En découvrant
Justine, ses tresses, ses papillons
et ses perles, ils n'en croient pas leurs yeux.
Jamais ils n'avaient vu une telle coiffure.
– On peut toucher tes cheveux ?
– Ça chatouille !
– C'est doux comme du duvet...
– Elles sont jolies tes tresses !
– Tu nous en donnes une ?
Justine est tellement heureuse,
qu'elle demande à son père de couper
ses quatre plus belles nattes pour les offrir
à ses amis. Kim et Mélodie réclament,
elles aussi, de belles coiffures multicolores.

Elles choisissent des nœuds en satin
de couleurs vives, des perles et des barrettes.
– Et Eliot-le-chien ?
Lui aussi il doit être élégant pour aller
à la fête.
Tous sont enfin prêts.
– Justine, n'oublie pas le pot de confiture,
rappelle Papa.
– Prends aussi les fruits de la passion.
Et emporte les sucres à coco, la confiture
d'ananas et le gâteau de Mam'Fifine,
celui qui est parfumé aux noix muscades,
ajoute Maman.

En les voyant arriver, Victor croit rêver.
En tête du cortège, Eliot-le-chien est suivi
par Justine et Mélodie, toutes nattes
dressées. Derrière, Grégoire s'étouffe
de rire en essayant d'attraper les papillons
dans la chevelure de Justine. Félix joue
de la trompette de tout son souffle,
et Kim bat la mesure sur son tambour...
Quel anniversaire !

... Nous nous sommes vraiment amusés.
Victor était content de ses cadeaux mais,
le soir, il a eu un peu mal au cœur.
Il avait mangé trop de confiture d'ananas
et de gâteaux...
Eliot-le-chien aussi.
Je voudrais bien que tu viennes chez nous
pendant les vacances.

Justine

Regarde au fond de l'enveloppe.
Il y a des millions de bisous pour toi.

Blanche-Neige

D'après les frères Grimm, illustrations de Mayalen Goust

Il était une fois une reine qui cousait devant sa fenêtre. C'était l'hiver. Il neigeait. La reine se piqua le doigt avec son aiguille et trois gouttes de sang tombèrent sur la neige.

– Oh ! soupira-t-elle alors. Comme j'aimerais avoir un enfant à la peau aussi blanche que la neige, aux joues aussi rouges que le sang et aux cheveux aussi noirs que l'ébène de cette fenêtre !

Quelques mois plus tard, la reine mit au monde une ravissante petite fille à la peau blanche, aux joues rouges et aux cheveux noirs, qu'elle décida d'appeler Blanche-Neige.

Hélas la reine mourut peu après.

Au bout d'un an, le roi prit une autre femme. La nouvelle reine était très belle, mais très fière et orgueilleuse. Elle ne pouvait pas supporter qu'une autre soit plus belle qu'elle. Elle possédait un miroir magique.

Chaque fois qu'elle s'y admirait, elle lui demandait :

– Miroir, gentil miroir, dis-moi, dans le royaume, qui est la femme la plus belle ?

Et le miroir lui répondait :

– *Vous êtes la plus belle du pays, Madame*.

Alors la reine était contente, car elle savait que le miroir disait la vérité.

Le temps passait et la petite Blanche-Neige grandissait. Chaque jour elle devenait plus jolie ; et quand elle eut sept ans, elle était belle comme le jour.

Aussi un matin, quand la reine questionna son miroir :

– Miroir, gentil miroir, dis-moi, dans le royaume, qui est la plus belle des femmes ?

Le miroir répondit :

– *Dame la reine, ici vous êtes la plus belle, mais Blanche-Neige l'est mille fois plus que vous.*

Quand elle entendit cela, la reine devint verte de jalousie. L'idée la prit de se débarrasser de Blanche-Neige.

Elle fit venir un chasseur et lui ordonna :

– Prends l'enfant et emmène-la au loin dans la forêt. Tu la tueras et tu me rapporteras son foie pour me prouver qu'elle est morte !

Le chasseur emmena Blanche-Neige avec lui dans la forêt. Mais au moment où il levait son couteau pour la tuer, la jeune fille le supplia :

– Laisse-moi la vie sauve, je m'enfuirai à travers bois et ne reparaîtrai jamais !

Le chasseur, pris de pitié, la laissa partir. Il était certain que les bêtes sauvages auraient tôt fait de la dévorer ; mais il avait le cœur soulagé d'un gros poids.

Comme un marcassin passait par là, il l'abattit et rapporta son foie à la reine en lui faisant croire que c'était celui de Blanche-Neige.

Blanche-Neige s'enfuit, seule et apeurée.
Elle courait droit devant elle, s'écorchant
aux épines et sur les pierres pointues.
Des bêtes sauvages venaient la frôler,
mais ne lui faisaient pas de mal.
Quand tomba la nuit, elle aperçut enfin
dans une clairière une toute petite maison.
Dans cette maison, il y avait une table déjà
mise, avec sa nappe blanche et sept petites
assiettes remplies de soupe. Sept petits lits
s'alignaient côte à côte le long du mur.
Blanche-Neige avait si grand faim et si
terriblement soif qu'elle mangea un petit
peu dans chaque assiette, grignota un peu
de chaque pain, puis but une gorgée dans
chaque gobelet.
Après, comme elle était très fatiguée, elle
voulut se coucher, mais aucun des lits n'était
à sa taille : celui-ci était trop long, celui-là
trop court, un autre trop étroit... Bref, elle
les essaya tous, et le septième enfin lui alla
parfaitement. Elle s'y allongea et s'endormit.

Les maîtres du petit logis ne rentrèrent
qu'à la nuit noire. C'étaient les sept nains
qui piochent et creusent les montagnes
pour trouver de l'or. Ils allumèrent leurs
bougies et s'aperçurent que quelqu'un
était entré chez eux.

– Qui s'est assis sur ma chaise ? demanda
le premier.
– Qui a mangé dans mon assiette ? fit
le deuxième.
– Qui a mangé un morceau de mon pain ?
dit le troisième.
– Qui a pris un peu de ma soupe ?
demanda le quatrième.
– Qui a sali ma fourchette ? questionna
le cinquième.
– Qui s'est servi de mon couteau ? interrogea
le sixième.
– Qui a bu dans mon gobelet ? s'inquiéta
le septième enfin.

Le premier vit alors qu'il y avait un creux
dans son lit et il s'exclama :
– Qui s'est allongé dans mon petit lit ?
Les nains s'écrièrent les uns après les autres :
– Dans mon lit aussi, quelqu'un s'est couché !
Tous, sauf le septième qui trouva
Blanche-Neige dans son lit. Il appela
les autres qui poussèrent des petits cris
de surprise et d'admiration en levant haut
leurs bougeoirs pour éclairer Blanche-Neige.
– Ô la belle enfant ! chuchotèrent-ils. Comme
elle est mignonne ! Laissons-la dormir, nous
lui demanderons demain ce qu'elle fait là...

Au jour, quand Blanche-Neige se réveilla, elle eut grand peur en voyant les sept nains autour d'elle. Mais ils avaient l'air si gentil qu'elle leur raconta tous ses malheurs. Aussitôt, les nains scandalisés lui proposèrent de rester chez eux :
– Avec nous tu ne manqueras de rien. En échange, tu t'occuperas de notre ménage. Mais fais bien attention : si la reine apprend que tu es toujours vivante, elle essaiera encore de te tuer. Alors, surtout ne laisse entrer personne quand nous irons travailler dans la montagne !

En effet quelques jours plus tard, la reine interrogea à nouveau son miroir magique :
– Miroir, gentil miroir, dis-moi qui est la plus belle du royaume ?
– *Dame ma reine,* répondit le miroir, *vous êtes ici la plus belle, mais Blanche-Neige sur les monts, là-bas, chez les sept nains, est mille fois plus belle que vous !*
À ces mots, la reine comprit que le chasseur l'avait trompée, car elle savait que le miroir ne pouvait pas dire de mensonge.

La reine décida de supprimer elle-même Blanche-Neige, car la jalousie la dévorait et ne lui laissait pas de repos. Elle s'habilla comme une vieille marchande, puis se barbouilla le visage pour se rendre méconnaissable. Elle passa les sept montagnes jusque chez les sept nains et frappa à la porte en lançant le cri de la colporteuse :
– De beaux articles à vendre ! Des rubans de toutes les couleurs.
Blanche-Neige vint regarder à la fenêtre et cria :
– Bonjour, ma bonne dame, qu'est-ce que vous vendez ?
La fausse marchande lui montra un beau ruban tressé de soies multicolores.
« C'est une brave femme », pensa Blanche-Neige qui la fit entrer.
Sans méfiance, elle la laissa mettre le nouveau ruban à son corset ; mais celle-ci le serra si fort que Blanche-Neige cessa de respirer et tomba comme morte.
– Et voilà pour la plus belle ! ricana la vieille qui sortit précipitamment.

Le soir venu, les sept nains rentrèrent à la maison. Quel ne fut pas leur effroi en découvrant leur chère Blanche-Neige immobile comme morte. Voyant qu'elle était serrée dans son corset, ils se hâtèrent d'en couper le ruban.

Le souffle lui revint et elle se ranima peu à peu. Lorsque les nains apprirent ce qui lui était arrivé, ils lui dirent :

– Cette vieille marchande n'était autre que la maudite reine. À l'avenir, garde-toi bien et ne laisse entrer nul être vivant quand nous n'y sommes pas !

La méchante femme, aussitôt rentrée chez elle, questionna son miroir :

– Miroir, gentil miroir, dis-moi, dans le royaume, quelle est de toutes la plus belle ?

– *Dame la reine, ici vous êtes la plus belle, mais Blanche-Neige, sur les monts là-bas, est mille fois plus belle que vous !* répondit à nouveau le miroir.

Son sang s'arrêta quand elle comprit que Blanche-Neige était toujours en vie. Comme elle connaissait les secrets des sorcières, elle fabriqua un peigne empoisonné. Ensuite, elle s'habilla et se grima en vieille femme, mais avec un autre air que la fois précédente.

Ainsi travestie, elle retourna chez les sept nains, frappa à la porte, et cria :

– Beaux articles à vendre ! Beaux articles !

Blanche-Neige regarda dehors et cria :

– Allez-vous-en ! Je ne dois laisser entrer personne !

– Il n'est pas défendu de regarder ! répondit la fausse vieille en lui montrant le peigne empoisonné.

La petite le trouva si beau qu'elle ne put résister. Elle ouvrit la porte pour l'acheter.

– Et à présent, lui dit la vieille, je vais te coiffer un peu !

Mais à peine la vieille avait-elle commencé à la peigner que le poison foudroya Blanche-Neige, qui tomba de tout son long et resta là sans connaissance.

– Et voilà pour toi, merveille de beauté ! ricana la vieille qui s'éloigna bien vite.

Par bonheur, la nuit ne tarda pas à venir, et les sept nains à rentrer. En voyant Blanche-Neige étendue sur le sol, ils pensèrent tout de suite à l'affreuse marâtre, cherchèrent ce qu'elle avait bien pu faire et trouvèrent le peigne empoisonné. Dès qu'ils l'eurent ôté de ses cheveux, Blanche-Neige revint à elle et leur raconta ce qui lui était arrivé. De nouveau, ils la mirent en garde et lui recommandèrent de ne plus jamais ouvrir la porte à qui que ce soit.

Dès son retour, la reine s'assit devant son miroir et demanda :

– Miroir, gentil miroir, dis-moi, dans le royaume, qui est la plus belle des femmes ?

Et le miroir répondit encore :

– *Dame la reine, ici vous êtes la plus belle, mais Blanche-Neige, sur les monts là-bas, est mille fois plus belle que vous !*

Tremblante de rage et de fureur, la reine confectionna un terrible poison qu'elle mit dans une pomme. Celle-ci était si appétissante que nul ne pouvait la voir sans en avoir envie ; mais une seule bouchée, et c'était la mort.

La reine se costuma en vieille paysanne, puis se rendit chez les sept nains. Quand elle eut frappé à la porte, Blanche-Neige passa la tête par la fenêtre et dit :

– Je ne dois ouvrir à personne !

– Cela ne fait rien, susurra la fausse paysanne, je voulais juste te donner une pomme.

– Non, merci. Je ne dois rien accepter non plus.

– Regarde, dit la paysanne en coupant la pomme en deux. La moitié rouge, c'est pour toi, et la blanche, je la mange, moi.

Quand Blanche-Neige vit la paysanne croquer à belles dents dans sa moitié de pomme, elle ne put résister et tendit le bras pour prendre l'autre moitié.

Hélas, la première bouchée était à peine dans sa bouche que Blanche-Neige tomba morte sur le plancher.

La reine s'écria dans un grand éclat de rire :

– Cette fois les nains ne pourront plus te ranimer !

Dès que la méchante femme fut à nouveau devant son miroir, elle le questionna :
– Miroir, gentil miroir, dis-moi, dans le royaume, quelle est de toutes la plus belle des femmes ?
Alors enfin, le miroir répondit :
– *Vous êtes la plus belle du pays, Madame !*
Et là, le cœur de la reine fut apaisé, autant que puisse être apaisé un cœur envieux.

Le soir, quand les nains rentrèrent de la montagne, ils découvrirent Blanche-Neige étendue sur le plancher. Ils cherchèrent partout s'ils ne trouvaient pas quelque chose d'empoisonné. Ils lui délacèrent son corset, ils peignèrent ses cheveux... Mais rien n'y fit : la chère petite était bien morte.

Alors ils l'allongèrent sur son lit, et tous les sept, ils la pleurèrent pendant trois jours. Puis ils la couchèrent dans un cercueil de verre. Ils écrivirent dessus son nom en grandes et belles lettres d'or, indiquant aussi qu'elle était une princesse, fille de roi. Ensuite, les nains portèrent le cercueil au haut de la montagne ; et depuis ce jour, il y eut toujours l'un des sept nains qui y resta pour la garder. Et les bêtes y venaient aussi et pleuraient Blanche-Neige.
Le temps passa, mais elle était toujours aussi belle, avec sa peau blanche, ses joues rouges et ses cheveux noirs. Elle avait l'air de dormir.

Un jour, s'approcha un prince qui s'était égaré dans la forêt. Dès qu'il vit Blanche-Neige, il tomba amoureux d'elle. Alors le prince dit aux sept nains :
– Je ne puis pas vivre sans avoir Blanche-Neige toujours auprès de moi. Je vous en prie ! Laissez-moi emporter son cercueil dans mon palais. Je la traiterai comme ce que j'ai de plus cher au monde ! Les bons nains, émus par tant d'amour, acceptèrent. Les serviteurs du prince chargèrent le cercueil sur leurs épaules et l'emportèrent. Mais voilà que l'un d'eux trébucha contre une racine.
La secousse fit rendre à Blanche-Neige le morceau de pomme qui lui était resté dans la gorge. Ainsi, libérée du poison, la jeune fille ouvrit les yeux, souleva le couvercle de verre et se redressa, ayant retrouvé la vie.
– Oh ! mon Dieu, mais où suis-je ? demanda-t-elle.

– Tu es près de moi ! lui répondit le prince tout heureux. Je t'aime et tu m'es plus chère que tout au monde. Viens avec moi au château de mon père : tu seras mon épouse.
Alors Blanche-Neige l'aima aussitôt et accepta de le suivre.

On s'apprêtait à célébrer leurs noces dans la magnificence et la somptuosité. Mais à ce grand mariage princier, la maudite marâtre de Blanche-Neige fut aussi invitée. Quand la reine se fut richement parée, elle questionna son miroir :
– Miroir, gentil miroir, dis-moi, dans le royaume, qui est la plus belle des femmes ?
– *Dame la reine*, répondit le miroir, *ici vous êtes la plus belle, mais la nouvelle reine est mille fois plus belle !*
Un juron échappa à l'horrible femme qui, dévorée par la jalousie, voulut aller voir cette jeune reine. Lorsqu'elle fit son entrée, elle reconnut immédiatement Blanche-Neige, et la frayeur la fit mourir sur place.

La boîte à soleil

Texte et illustrations d'Albertine Deletaille

Regardez donc Lise. Elle essaie d'attraper du soleil dans une boîte.

Ça y est. La boîte est pleine. Lise la ferme bien vite. Ce sera amusant, la nuit, de lâcher le soleil dans la chambre, pour faire des petites lumières au plafond et sur les murs...

– Lise, que fais-tu ? lui demande François son grand frère.

– Je ne peux pas te le dire... c'est ton cadeau d'anniversaire.

– Je saurai bien deviner ce que tu as pris dans cette boîte. C'est un trèfle à quatre feuilles ?

– Non !

– Une bête à bon Dieu ?

– Non !

– Un papillon ?

– Non !

– Des graines de pensée... ou de coquelicot ?

– Non ! Non ! et non !

– Une fraise ? Une groseille ? Une mûre ?

– Non ! Non ! et encore non !

– Un scarabée doré ?

– Pas du tout !

– Une grosse chenille, que je pourrai mettre dans un bocal pour voir comment elle devient papillon ?

– Non ! ce n'est pas cela.

– C'est vivant ?

– Je ne sais pas.

– Ça se mange ?

– Oh ! non.

– C'est pour quoi faire ?

– Pour faire tout ce que tu voudras :
Si tu en mets sur du linge mouillé,
ça le fera sécher. Si tu en mets sur les fleurs,
ça les fera ouvrir. Si tu en mets sur les bras
et les jambes, ils deviendront bruns.
Si tu en mets sur des cerises vertes,
elles deviendront rouges, et si tu en mets
sur une goutte de rosée, tu verras toutes
les couleurs qui existent.
– Eh bien ! c'est un drôle de produit.
Je ne cherche plus. C'est trop difficile…
donne-le-moi, ton cadeau.
– Je te le donnerai ce soir, quand la lumière
sera éteinte.

Lise serre la boîte bien fort dans sa petite
main. Elle ne veut pas la lâcher… même
pour donner à manger à son chat, même
pour arroser son jardin, même pour jouer
dans le sable avec son râteau.

Il faut que François la débarbouille, lui lave
les genoux, boutonne sa chemise de nuit,
lui donne à boire et à manger.

François la couche et la borde. Lise éteint
la lumière. Et voilà qu'elle se met à crier :
– François ! Viens vite ! J'ai peur !
C'est vivant ! Ça remue… pourtant,
c'est du soleil que j'ai pris dans ma boîte.
– Ce n'est pas possible ! dit François.
– Mais si, regarde : on voit la lumière
par la fente.
– Oh ! oui, c'est drôle.

Alors François ouvre la boîte :
– Mais c'est un ver luisant !
– C'est une bête ?
– Oui, elle a comme une petite lampe sous
le ventre. Elle a dû tomber dans ta boîte
ouverte quand tu étais dans le jardin.
Tu sais, Lise, je suis content de ton cadeau.
On va mettre le ver luisant sur les grandes
herbes qui poussent devant la fenêtre.
Il va pondre des œufs partout. Et quand
ses petits auront des petits… chaque nuit
notre jardin sera illuminé comme le ciel
plein d'étoiles.

C'est mon nid !

Marie-Hélène Delval, illustrations d'Hervé Le Goff

Un matin de printemps, Loly la lutine trouve un petit œuf gris sur la mousse :
– Oh, un œuf tombé d'un nid ! Pauvre petit, je vais m'en occuper.
Elle met l'œuf dans son tablier, elle l'emporte jusqu'à sa maisonnette, elle lui fabrique un petit nid avec des brindilles, de la mousse et un peu de duvet dans son oreiller. Elle dépose l'œuf dedans, elle le recouvre d'une bonne couverture bien chaude. Et voilà !
Trois jours plus tard, *tac tac tac*, la coquille se fend, et un bébé moineau apparaît, qui crie aussitôt :
– Piu piu piu !
– Voilà, voilà, répond Loly.

Et du matin au soir et du soir au matin, elle court, elle va, elle vient pour nourrir Petit-Moineau. Loly la lutine est bien fatiguée. C'est toujours comme ça avec les bébés.
Mais enfin Petit-Moineau grandit bien, et bientôt il volette de-ci de-là, et il commence à manger tout seul. Ouf ! Loly peut enfin se reposer.
Le soir, elle couche Petit-Moineau dans son nid. Elle lui raconte une histoire, elle lui fait un baiser, et puis elle va se coucher.
Mais, une nuit, Loly est réveillée par un petit bruit de petites pattes : *tap tap tap*, et quelqu'un vient se fourrer dans son lit.

C'est Petit-Moineau. Loly grogne :
– Quoi, qu'est-ce qu'il y a ? Tu as fait
un cauchemar ? Ce n'est rien ! Retourne
dans ton nid, Petit-Moineau.
Mais Petit-Moineau ne veut pas. Il reste là,
blotti dans le lit de Loly. Loly est obligée
de se lever pour le porter dans son nid.
La nuit suivante, *tap tap tap*, Petit-Moineau
vient encore se fourrer dans le lit de Loly.
Et la nuit d'après, et encore la nuit d'après.

Loly la lutine en a vraiment assez. Au bout
d'un mois, elle bâille toute la journée, elle a
les yeux cernés, elle est de mauvaise humeur
et elle ne sait plus quoi faire pour convaincre
Petit-Moineau de rester dans son nid la nuit.
Elle a tout essayé : elle l'a grondé, elle lui
a chanté des chansons, elle lui a donné
du sirop, elle lui a donné une fessée.
Rien n'y fait. Petit-Moineau ne veut pas
rester dans son nid la nuit.

Il veut toujours venir dans le lit de Loly.
Un matin, Loly la lutine dit :
– Petit-Moineau, te voilà déjà grand.
Cela fait trois mois que tu es sorti
de ton œuf. Pour ton anniversaire,
j'ai invité des petits copains de la forêt !
Et l'après-midi, arrivent Petit-Lézard
et Petit-Mulot, Rainette et Petit-Crapaud,
et même Ti-Escargot et ses sept frères.
D'abord, Petit-Moineau est content.
Loly leur a fait un goûter, ils jouent
aux devinettes, aux galipettes.

Puis ils rentrent dans la maisonnette, et les
copains découvrent le nid de Petit-Moineau.
Ils s'écrient :
– Oh, c'est ton nid ? On peut monter dedans ?
Ah, c'est doux ! Ah, c'est drôle !
Et tous les petits animaux se mettent à
chahuter, à sauter, à se bousculer. Les duvets
s'envolent, les brindilles craquent, voilà le nid
tout défait. Petit-Moineau est furieux.
Il gonfle ses plumes et il crie :
– Ça suffit ! Sortez de là ! C'est mon nid,
vous entendez, C'EST MON NID !

Ce soir-là, Loly couche Petit-Moineau
dans son nid. Elle lui raconte une histoire,
elle lui fait un baiser. Et puis elle va
se coucher. Petit-Moineau s'endort.
Mais, au milieu de la nuit, il s'agite,
il ouvre un œil, il sort du nid, il s'approche
du lit de Loly, *tap tap tap*. Alors il voit
un écriteau devant le lit. Un rayon de lune
l'éclaire à demi. Dessus, en grosses lettres,
il y a écrit :
« C'est mon lit ! »

Petit-Moineau reste une patte en l'air.
Il ne sait plus très bien quoi faire.
Et puis, sans faire de bruit, il retourne
à petits pas dans son nid.
Il se fourre dans le duvet doux,
il tire sa chaude couverture sur lui.
Et puis, tout bas, il soupire :
– Hmmm, c'est MON nid !
Chut, Petit-Moineau s'est endormi.

La petite fille aux allumettes

D'après Andersen, illustrations de Mayalen Goust

Comme il faisait froid !
Il neigeait, et il commençait à faire sombre.
C'était le dernier soir de l'année,
la veille du jour de l'an.
Par ce froid et dans cette obscurité,
une petite fille marchait dans la rue,
la tête et les pieds nus. Oh, elle avait bien
des pantoufles en quittant la maison,
mais elles ne lui avaient pas servi longtemps :
c'étaient de grandes pantoufles que sa mère
avait déjà usées, si grandes que la petite
les perdit en se dépêchant de traverser la rue
entre deux voitures. L'une fut impossible
à retrouver, et un garçon courait avec l'autre
disant qu'elle pourrait lui servir de berceau
quand il aurait des enfants.
La petite fille marchait donc avec ses petits
pieds nus, qui étaient rouges et bleus
de froid. Elle avait dans son vieux tablier
une grande quantité d'allumettes,
et en tenait un paquet à la main.
De toute la journée, personne ne lui
en avait acheté ; personne ne lui avait donné
le moindre sou.

Elle avait bien faim, bien froid, et bien triste
mine, la pauvre petite !
Les flocons de neige tombaient sur ses longs
cheveux dorés, qui bouclaient joliment
dans son cou, mais elle ne pensait pas
à cette parure.

À toutes les fenêtres brillaient les lumières et une délicieuse odeur d'oie rôtie se répandait dans la rue ; c'était la veille du jour de l'an : voilà à quoi elle pensait.

Elle s'assit et se blottit dans un angle entre deux maisons. Elle avait replié ses petites jambes sous elle, mais elle avait encore plus froid. Elle n'osait pas rentrer chez elle, car elle n'avait pas vendu d'allumettes et pas reçu un sou.
Son père la battrait.
Et il faisait froid aussi chez eux.

Ils logeaient sous le toit et le vent sifflait au travers, malgré la paille et les chiffons qui bouchaient les plus grosses fissures.

Ses petites mains étaient presque mortes de froid. Oh, comme une petite allumette leur ferait du bien ! Si elle osait en tirer une seule du paquet, la frotter contre le mur et se réchauffer les doigts ! Elle en tira une : *pfutt !* comme le feu jaillit ! comme elle brûla ! C'était une flamme chaude et claire, comme une petite chandelle qu'elle entoura de sa main. Quelle drôle de lumière !

Il semblait à la petite fille qu'elle était assise
devant un grand poêle de fer orné de boules
de cuivre et surmonté d'un tuyau de cuivre.
Le feu y brûlait délicieusement, il réchauffait
si bien. Mais, qu'y a-t-il donc ?

La petite fille étendait déjà ses pieds pour
les réchauffer aussi... quand la flamme
s'éteignit, le poêle disparut...
Elle se retrouva assise, un petit bout
d'allumette brûlée à la main.

La fillette frotta une seconde allumette, qui brûla, qui brilla. Là où sa lueur tomba sur le mur, il devint transparent comme un voile. La petite pouvait voir jusque dans une salle où une table, à la nappe d'une blancheur éclatante, était couverte de fines porcelaines. Une oie rôtie, farcie de pruneaux et de pommes, fumait avec un parfum délicieux. Et, ô surprise, ô bonheur ! tout à coup, l'oie sauta du plat, marcha sur le plancher, la fourchette et le couteau dans le dos, jusqu'à la pauvre fille.

Alors, l'allumette s'éteignit : la petite n'avait plus devant elle que le mur gris et froid. Elle alluma une troisième allumette. Aussitôt, elle se vit assise sous un magnifique arbre de Noël ; il était plus grand et plus paré encore que celui qu'elle avait vu, au dernier Noël, à travers la porte vitrée, chez le riche marchand. Mille chandelles brûlaient sur les branches vertes, et des images de toutes les couleurs, comme celles qui ornent les fenêtres des boutiques, semblaient lui sourire.

La petite fille éleva les deux mains...
et l'allumette s'éteignit.
Toutes les chandelles de Noël montaient,
montaient de plus en plus haut, et la petite
s'aperçut qu'elles étaient devenues des étoiles
scintillantes. L'une d'elles tomba, et traça
une longue raie de feu dans le ciel.
« En voilà une qui meurt », se dit la petite ;
car sa vieille grand-mère, qui seule avait été
bonne pour elle, mais qui était morte,
lui répétait souvent :
– Lorsqu'une étoile tombe, c'est qu'une âme
monte à Dieu.
La petite fille frotta encore une allumette
contre le mur, et il se fit une grande lumière
au milieu de laquelle était la grand-mère
debout, avec un air si doux, si radieux.

– Grand-mère, s'écria la petite, oh,
emmène-moi ! Je sais que tu ne seras plus là
lorsque l'allumette s'éteindra. Tu disparaîtras
comme le poêle chaud, comme l'oie rôtie,
comme le bel arbre de Noël.

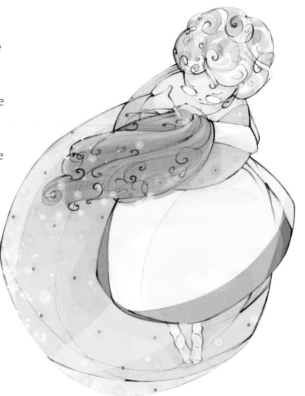

Et elle frotta en hâte tout le reste
des allumettes, car elle voulait retenir
sa grand-mère. Et les allumettes brillèrent
d'un tel éclat qu'il faisait plus clair
qu'en plein jour. Jamais la grand-mère n'avait
été si grande ni si belle ! Elle prit la petite fille
sur son bras, et toutes les deux s'envolèrent
joyeuses, haut, si haut, qu'il n'y avait plus
ni froid, ni faim, ni inquiétude.
Elles étaient au ciel. Mais dans le coin,
entre les deux maisons, quand vint le froid
matin, la petite fille était assise, les joues

toutes roses, le sourire sur la bouche...
morte, morte de froid, la dernière nuit
de la vieille année.

Le jour se leva sur le petit cadavre assis là
près des allumettes, dont un paquet avait été
presque tout brûlé.
– Elle a voulu se chauffer ? dit quelqu'un.
Tout le monde ignora les belles choses
qu'elle avait vues, et au milieu de quelle
splendeur elle était entrée avec sa bonne
grand-mère dans la joie du Nouvel An !

L'arbre qui fit de Leïla une princesse

Agnès Bertron-Martin, illustrations de Sébastien Pelon

Leïla n'est qu'une petite fille, mais, pour Ibrahim, elle est précieuse comme l'eau et la lumière. Elle est le jardin de son cœur.

La femme d'Ibrahim était morte depuis longtemps déjà, et il n'était plus qu'un vieux monsieur tout triste quand, une nuit, il a trouvé Leïla devant la porte de sa maison. Elle était là, juste dans la clarté d'une étoile, pas plus grande qu'un agneau, enroulée dans un morceau de toile verte. Pour Ibrahim et pour tous ceux qui vivent comme lui dans ce village aux portes du désert, le vert est la couleur du paradis. Alors cette nuit-là, ému, Ibrahim a pris le bébé dans ses bras. Leïla a aussitôt soulevé les paupières et elle a regardé Ibrahim pour la première fois avec ses yeux en forme d'amande. Et ses yeux aussi étaient verts. Ibrahim a murmuré dans un souffle doux comme le vent du désert :
– Bienvenue, petite fille. Je vais m'occuper de toi et tu ne manqueras jamais de rien. Je t'appellerai Leïla, ma princesse...

Dès le lendemain, Ibrahim ouvre à nouveau la porte de sa maison pour faire ce qu'il faisait avant la mort de sa femme : servir du thé à la menthe qui brûle la gorge et des pâtisseries si sucrées que les dents y restent collées. Il a retrouvé sa force, son courage et sa joie. Et tout le village se précipite à nouveau chez lui, comme autrefois.

Ibrahim, heureux, présente sa princesse.
Mais les villageois trouvent l'arrivée de Leïla
très étrange. Ils aimeraient bien savoir
d'où elle vient. Et il n'est pas question
qu'ils appellent « princesse » ce bébé
de rien du tout. Ils pensent qu'Ibrahim
est devenu fou.
Pourtant, tout le monde est bien obligé
d'accepter sa présence dans le village puisque
Ibrahim a décidé de s'occuper d'elle.

Alors Leïla grandit au milieu des poteries
d'Hassan et des chèvres de Moulay. Et Aïcha,
en ronchonnant, lui trouve un bout de tissu
coloré pour lui confectionner une djellaba.
En rouspétant, Sèmi lui coud de nouvelles

babouches au fur et à mesure que ses pieds
grandissent. À chaque fois, Leïla jette
ses bras autour du cou des villageois
pour leur dire merci.
Et chaque fois qu'elle les croise,
elle leur offre ses sourires et ses mots doux.
Mais les villageois, eux, continuent
à se demander d'où vient Leïla.
Ils continuent à se méfier d'elle.
Et ils traitent Ibrahim de vieux fou quand
ils l'entendent, du matin au soir, s'exclamer :
– Vraiment, ma Leïla est comme l'eau
et la lumière, c'est une vraie princesse.
Car dehors, le soleil tape trop fort,
l'eau manque, et le village n'est qu'un petit
village pauvre et sec, aux portes du désert.

Leïla est déjà devenue grande, quand, une après-midi, à l'heure où la chaleur est si écrasante qu'on peut à peine faire la sieste, un perroquet entre dans la maison d'Ibrahim, puis dans celle de Sèmi, puis dans celle d'Aïcha, et ainsi dans toutes les maisons du village. Et partout, il crie exactement la même chose :

– Pauvres idiots, Coco ! Vous faites dodo, idiots ! Mais moi, Coco, je sais ! Dans le désert, mais oui, il y a un arbre, un arbre magiiiique ! Vous demandez, et il exauce votre souhait ! C'est vvvrai, c'est vvvrai ! Coco le sait ! Pauvres idiots, Coco le sait ! C'est vvvrai, Coco !

Et le perroquet disparaît.

Aussitôt, chacun commence à rêver.
Aïcha aimerait une volière remplie
de papillons multicolores ; Hassan,
un cheval pur-sang pour galoper dans
le désert ; Moulay, un grand bassin rempli
d'eau fraîche pour tremper ses jambes
fatiguées ; Sèmi, un grand palmier
qui lui ferait de l'ombre, devant chez lui.
– Et toi, Ibrahim, qu'est ce que tu voudrais ?
demande soudain Aïcha.
Dans le secret de son cœur, Ibrahim
a la réponse. Il aimerait que Leïla devienne
la princesse de tous les villageois,
qu'ils l'aiment enfin autant que lui.
Mais, comme il ne veut pas avoir l'air
d'un vieil idiot une fois de plus,
il dit simplement :
– Moi, je veux ce que veut Leïla.
Que veux-tu Leïla ?
Leïla rit :
– Je ne veux rien du tout ! J'ai tout ce qu'il
me faut. Je ne veux ni papillons, ni pur-sang,
ni bassin d'eau fraîche, ni palmier. Grâce
à Ibrahim, je ne manque de rien, de rien,
de rien du tout.
Les villageois n'aiment pas s'aventurer
dans le désert.

Mais les jours passent, et chacun pense
de plus en plus fort à son souhait.
Ils finissent par avoir tellement envie
qu'il se réalise, qu'un matin, ils prennent
ensemble le chemin du désert, tous,
sauf Ibrahim et Leïla. Ils marchent
longtemps, très longtemps et, tout à coup,
ils voient l'arbre.
Le perroquet n'a pas menti, l'arbre est là,
avec ses branches comme de grands bras,
son tronc avec un trou au milieu
comme une bouche, et ses feuilles
comme des cheveux d'ange.
Ce n'est ni un amandier, ni un cèdre,
ni un citronnier. C'est un arbre comme
ils n'en ont jamais vu. Et ça, c'est bon signe.
C'est sûrement parce que c'est un arbre
vraiment magique.
Alors ils s'installent au pied de l'arbre.
Hassan chantonne en faisant des gestes
immenses avec ses bras :
– Arbre magique... je voudrais...
un pur-sang... s'il te plaît...
Aïcha flatte l'arbre :
– Toi, le plus bel arbre parmi tous les arbres
de la Terre ! Toi, le plus fort, le plus précieux,
donne-moi des papillons dans une volière.

Moulay se tortille timidement et,
en bafouillant, il dit :
– Tu comprends, il fait si chaud
que je vouvou… que je voudrais un baba…
un bassin avec de l'eau fraîche. L'eau fraîche,
ça fait dudu… ça fait du bien.
Et Sèmi promet à l'arbre de lui fabriquer
de belles babouches pour ses branches,
en échange du palmier de ses rêves.
Ils attendent, mais l'arbre ne bouge pas,
ne parle pas. Aucun signe ne vient du ciel
bleu et brûlant, ni du sable d'or.
Les villageois finissent par rentrer chez eux.
Et, en chemin, ils pressent le pas car ils
se disent qu'ils auront peut-être la surprise
de trouver les papillons, le pur-sang,
le bassin et le palmier devant leur maison.
Mais quand ils arrivent… Rien !

Cette nuit-là, Leïla est réveillée
par un murmure :

– Leïla, Leïla, que veux-tu ? Je suis l'arbre
du désert, l'arbre magique, et j'exaucerai
ton souhait…
Leïla sent sur son visage les feuilles de
l'arbre, douces comme des cheveux d'ange,
qui caressent sa joue. Elle sourit dans la nuit :
– Je ne savais pas qu'un arbre pouvait être
si doux et si gentil, mais vraiment merci,
je n'ai besoin de rien.
Et Leïla se rendort jusqu'au matin.

La nuit n'a fait qu'attiser la colère des villageois.
– Cet arbre, il n'est même pas magique,
c'est un arbre de rien du tout ! dit Hassan.
Leïla s'écrie :
– Mais si, il est magique ! Ses feuilles sont
venues jusqu'à moi, et j'ai entendu sa voix.
Il m'a demandé ce que je voulais.
– Comment ? s'étonnent les villageois.
L'arbre t'a demandé ce que tu voulais ?
Et qu'as-tu répondu ?

– La vérité, explique Leïla. J'ai répondu
que je n'avais besoin de rien.

Les villageois sont furieux contre la petite
fille :
– Pauvre idiote, pauvre sotte ! Tu aurais pu
demander mes papillons ! lui lance Aïcha.
– Ou mon pur-sang, continue Hassan.
– Pauvre bique, pourquoi n'as-tu pas pensé
à demander mon bassin ? s'énerve Moulay.
Sèmi empoigne fermement Leïla :
– Tu vas venir avec nous et tu vas demander
à l'arbre tout ce que nous voulons. En route !
Leïla se débat. Le vieil Ibrahim s'interpose,
mais tous les villageois le repoussent.
Ils tirent Leïla par les bras et par les jambes,
par les cheveux et par les oreilles.
Ils l'emmènent de force dans le désert.
Et le vieil Ibrahim ne peut pas les en
empêcher. Alors, il court derrière eux.

Les villageois jettent Leïla au pied de l'arbre.
Aussitôt, les feuilles de l'arbre viennent
caresser la joue de la petite fille.
Et d'une voix douce, l'arbre demande :
– Petite fille, que veux-tu ?
Leïla, en tremblant, répond à l'arbre :
– S'il te plaît, protège-moi des villageois.
Aussitôt, l'arbre se penche, il prend Leïla
dans ses branches… et il l'avale par ce creux
en forme de bouche qu'il a au milieu
de son tronc.

Les villageois sont furieux :
– Ah, non, cet arbre ne s'en tirera pas comme
ça ! Puisqu'il est vraiment magique, il finira
bien par nous obéir, sinon nous l'arracherons !

Et les villageois frappent l'arbre de leurs
mains et de leurs pieds.

Quand Ibrahim, essoufflé, arrive, il les supplie :
– Laissez cet arbre tranquille.

Mais les villageois ne l'écoutent pas,
ils secouent l'arbre de toutes leurs forces
en exigeant :
– Mes papillons !
– Mon pur-sang !
– Mon bassin !
– Mon palmier !

Soudain, les branches de l'arbre se mettent
à vibrer un peu, beaucoup, terriblement ;
et un papillon, puis deux, puis des dizaines,
des centaines s'en échappent, et ils foncent
sur Aïcha.
Puis l'arbre se met à gronder un peu,
beaucoup, terriblement ; et un pur-sang,
puis deux, puis des dizaines, des centaines
arrivent en galopant du fond du désert,
et ils foncent sur Hassan.
Tous les villageois ont pris leurs jambes
à leur cou. Ils regagnent le village pour
se réfugier dans leurs maisons.
Mais le sol devient humide sous leurs pieds ;
et l'eau que Moulay avait tant désirée
ruisselle dans le sable.

Et le ruisseau devient un torrent,
et le torrent devient un fleuve.
Et le fleuve charrie un, puis deux,
puis des dizaines, des centaines de palmiers.

Les villageois sont en grand danger.

Ibrahim, lui, est resté contre le tronc de
l'arbre. Quand Leïla sort la tête, il la prend
dans ses bras.
Leïla n'a rien à craindre ni pour elle, ni pour
Ibrahim. Mais quand elle voit les villageois
en danger, des larmes coulent de ses yeux.
Aussitôt, l'arbre demande :
– Que veux-tu, petite fille ?
Leïla répond :
– S'il te plaît, sauve-les ! Ils ne sont pas si
mauvais. C'est juste qu'ici, le soleil tape trop
fort et que l'eau manque. Le village n'est
qu'un petit village pauvre et sec.
Et Leïla pousse un immense soupir.
L'arbre demande à nouveau :

– Que veux-tu donc, petite fille ?
Et Leïla répond :
– Donne aux villageois ce qu'ils demandent,
et tu verras qu'ils ne sont pas si mauvais.

Aussitôt, l'eau disparaît dans le sable,
mais pas toute.
Aussitôt, les chevaux se dispersent
dans le désert, mais pas tous.
Aussitôt, les palmiers sont réduits en sable,
mais pas tous.
Aussitôt, les papillons rejoignent l'infini bleu
du ciel, mais pas tous.
Alors Leïla se jette contre l'arbre avec ses bras
grands ouverts.
Aussitôt, l'arbre demande :
– Que veux-tu donc, petite fille ?
– Je ne veux rien, rien de rien du tout, je
veux juste te dire merci pour tant de joie !
Et Leïla reste longtemps à serrer l'arbre
contre son cœur comme si elle savait ce qui
l'attendait...

Quand les villageois arrivent chez eux,
ils ne reconnaissent pas leur village !
Leur village est devenu une oasis luxuriante.
Hassan, Moulay, Aïcha et Sèmi ne disent pas
un mot, ne font pas un geste, comme devant
un miracle.
Alors dans un souffle, doux comme le vent
du désert, l'arbre les touche de ses feuilles
comme des cheveux d'ange, et il leur dit :
– J'ai exaucé les vœux de Leïla. C'est elle
qui a voulu que vous soyez sauvés. Et c'est
elle qui a voulu que je vous donne ce que
vous désiriez.
Le soir commence déjà à tomber quand
Ibrahim et Leïla rentrent tranquillement
au village.

Ils sont accueillis par des rires et des larmes
de joie. Leïla n'est qu'une petite fille
mais, pour tous, elle est devenue précieuse
comme l'eau et la lumière. Elle a changé
leur cœur en un jardin. Tous l'acclament
comme une princesse.

Au moment où Ibrahim comprend que son
vœu secret s'est réalisé, une étoile se lève.
Et sa clarté vient baigner la nuit la plus
paisible qu'on ait jamais connue aux portes
du désert ; une nuit paisible au-dessus
d'une oasis verte comme le paradis.
Pendant que loin, là-bas, un arbre sourit…

Cachette secrète

Paule Brière, illustrations d'Hervé Le Goff

Léa connaît un précieux secret,
un petit endroit où personne ne la voit.
Personne ne sait où c'est, personne n'a
le droit d'y entrer. C'est une cachette secrète,
chez Léa, rien qu'à Léa.
Léa est bien dans sa cachette. Il y fait chaud
et doux comme dans le ventre de Maman
quand elle était tout petit bébé.
Léa aime bien sa cachette. Il y fait beau
et gai comme dans les bras de Papa
quand il est son prince charmant.

Parfois Léa s'ennuie. Elle ne peut pas jouer
dehors, le jardin est mouillé car il pleut fort.
Elle n'a plus de livre à regarder, plus de cahier
à colorier, que des infos à la télé.
Alors, Léa se glisse dans sa cachette.

Elle s'y roule en boule, elle suce ses doigts.
Elle s'y endort même quelquefois.
Et elle rêve…

Parfois Léa taquine son frère rien que pour
jouer, pour rigoler. Mais Lucas ne sait pas
s'amuser. Il se fâche, et la bataille éclate.
Et Léa crie, et Lucas tape.
Alors, Léa se sauve dans sa cachette.
Elle compte les marques laissées
par les tapes. Elle grogne, et fait des grimaces
dans le dos de Lucas. Et elle rêve…

Parfois Léa refuse d'obéir. Maman fait
les gros yeux, Papa gronde fort. Léa se fâche
contre eux, elle ne veut plus rien savoir.
Alors, Léa disparaît dans sa cachette.

Elle marmonne des gros mots que Maman
n'entend pas, ni Papa. Puis elle regrette,
elle pleure un peu. Et elle rêve…

Soudain, dans sa cachette, Léa sent le gâteau,
que sa maman prépare pour le goûter.
Du fond de sa cachette, Léa entend son air
préféré, que son papa siffle pour l'amadouer.

Au creux de sa cachette, Léa voit son frère
Lucas, qui la cherche pour jouer.
Alors, Léa oublie les tapes et les grimaces.
Léa oublie les gros yeux et les menaces.
Léa oublie la pluie, la fatigue et l'ennui.
Et elle sort de sa cachette.
La vraie vie, c'est au-dehors !

La fille d'or et la fille de cendres

Raconté par Robert Giraud et Albena Ivanovitch-Lair
d'après un conte bulgare, illustrations de Claire Degans

Un couple avait une fille et c'était leur seule richesse. Mais la mère mourut et le père se remaria avec une femme qui, elle aussi, avait une fille. Malheureusement, cette femme était méchante et sa fille aussi.
La marâtre détesta sa belle-fille et résolut de la faire disparaître.
Un jour, elle fit cuire une galette bien ronde et la tendit à son mari :
– Tu iras en forêt avec ta fille, lui commanda-t-elle. Tu lui diras que tu connais un jeu très amusant. Tu choisiras une pente bien raide, tu monteras tout en haut, tu feras rouler la galette vers le bas et tu enverras ta fille la chercher. Pendant qu'elle ira, tu rentreras seul à la maison.

Le mari ne sut pas lui refuser et, tout triste, il partit en forêt avec sa fille. Il fit rouler la galette du haut d'un coteau, dit à l'enfant d'aller la ramasser, et le cœur gros, repartit chez lui.

La fille remonta sur le coteau et, ne trouvant pas son père, fondit en larmes. Pour calmer sa faim, elle mangea la galette, puis elle partit au hasard à travers l'immense forêt.

Bientôt, la fillette aperçut une cabane isolée. Elle alla frapper à la porte et supplia :
– Je me suis perdue dans la forêt. Aidez-moi, je vous prie !
Une voix de femme âgée lui répondit :
– Si tu es un garçon, passe ton chemin. Si tu es une fille, je t'ouvrirai.
– Je suis une fille.
– Eh bien, viens !
La vieille la fit entrer et lui expliqua :
– Je veux bien t'accueillir chez moi, mais, quand je partirai dans la forêt, tu devras t'occuper du ménage et nourrir mes bêtes.

Le lendemain, la vieille s'en alla comme elle l'avait dit et la fille se mit à l'ouvrage. Elle fit les lits, balaya et rangea la pièce. Puis elle entendit poules, oies et canards caqueter :
– Nous avons faim ! Nous avons faim ! Donne-nous à manger !
Elle fit mijoter une bouillie bien épaisse et les animaux de la basse-cour s'en régalèrent. Comme il lui restait du temps, elle fabriqua des colliers avec des perles et les passa au cou des volailles, qui se pavanèrent.

Dès que la maîtresse de maison fut de retour, les bêtes coururent à sa rencontre :
– Regarde-nous, maîtresse, lui lancèrent-elles fièrement. Vois comme la gentille fille nous a parées et comme notre petit ventre est bien rond !

Le jour d'après, la vieille emmena la fille en forêt. Elles arrivèrent à une rivière, et la vieille dit :
– Je suis un peu lasse, je vais m'étendre et faire un somme. Toi, observe bien la rivière. De temps en temps, elle change de couleur. Quand elle deviendra jaune, tu m'éveilleras.
La fille s'assit bien sagement sur la berge. Sous ses yeux, le flot argenté passa au rouge, puis au jaune.
La petite, aussitôt, avertit la vieille. Celle-ci lui dit :
– Je vais te plonger dans la rivière, tu y attraperas ce que tu y verras de jaune.

La vieille saisit la fillette par les cheveux avec une force surprenante et la plongea dans le courant.
La fille ouvrit grand les yeux et aperçut au fond de l'eau un coffre jaune. Elle s'en empara et, aussitôt, la vieille la tira sur la rive et lui dit :

– Tu m'as bien servie et tu as pris soin de ma basse-cour. En récompense, tu rapporteras chez toi ce coffre. Je vais t'indiquer le chemin.
La fille remercia la vieille et se mit en route.

Comme elle approchait du village, elle fut surprise d'entendre le coq clamer :
– Oh, la fille d'or ! Voilà une fille rayonnante comme le soleil qui nous revient ! Quelle joie !
En effet, l'eau jaune de la rivière l'avait revêtue d'une mince couche d'or.

La marâtre fut bien contrariée de voir de retour la fille de son mari, et encore plus belle qu'avant. Son plan avait échoué. Le père, au contraire, était ravi de retrouver sa fille et ne se lassait pas de l'admirer. La fille ouvrit son coffre : il était rempli de pierres précieuses, de bijoux et de pièces d'or. Elle raconta qu'elle avait trouvé l'hospitalité chez une vieille femme qui l'avait aidée à récupérer ce coffre au fond d'une rivière. La marâtre se tourna alors vers son mari :
– Je veux que ma fille elle aussi revienne chargée d'or. Conduis-la dans la forêt pour qu'elle aille trouver la vieille et reçoive d'elle un coffre plein de richesses.

Son mari, donc, emmena sa belle-fille sur le coteau et l'y laissa. L'enfant tourna, vira et finit par apercevoir la cabane.

La vieille femme l'accueillit et lui expliqua qu'en son absence, elle devrait mettre la maison en ordre et nourrir les bêtes de la basse-cour.

Le lendemain matin, la vieille partit en forêt. Une fois seule, la fille se dit :
« Elle va se promener en me laissant tout le travail ! Qu'elle ne compte pas sur moi pour le faire ! »
Elle resta donc au lit à ne rien faire.
Les volailles l'appelèrent, mais elle leur cria :
– Taisez-vous ! Vous me cassez les oreilles.
Et comme les bêtes affamées criaient de plus en plus fort, elle leur prépara vite une bouillie et la versa encore brûlante dans le gosier des volailles.

Au retour de la vieille, les animaux
se précipitèrent vers elle en pleurant :
– Pitié, maîtresse, ne nous laisse plus avec
cette fille ! Elle nous a fait mourir de faim !
Elle nous a brûlé la gorge.
En pénétrant dans la cabane, la vieille
vit tout de suite que la maison était sale
et en désordre. Cependant, elle ne fit aucune
remarque à la fille et alla se coucher.

Le jour suivant, la vieille emmena l'enfant
dans la forêt. Une fois au bord de la rivière,
elle lui dit :
– La marche m'a fatiguée, je vais me reposer
un peu. Observe bien la couleur de l'eau.
Dès qu'elle deviendra noire, tu me réveilleras.
Les eaux passèrent au rouge puis au noir.
La fille secoua aussitôt la vieille.
Celle-ci la prit par les cheveux et la plongea
dans l'eau, après l'avoir avertie de prendre
ce qu'elle verrait de noir sur le fond.

La fille ressortit avec un coffre tout noir,
demanda à la vieille comment rentrer chez
elle et partit sans même lui dire au revoir
ni merci.

Quand elle quitta la forêt, le soleil se cacha
derrière un gros nuage sombre et, à l'entrée
du village, le coq lança de sa voix forte :
– Oh, la fille de cendres ! Qu'est-ce que c'est
que cette fille noire qui fait fuir le soleil ?
Malheur à nous !
La fille, surprise, regarda ses bras,
ses jambes : ils étaient couverts
de boue noire.
Et, à la maison, quand elle ouvrit le coffre,
il s'en échappa des serpents, des crapauds,
des rats et des araignées.

Le père et sa fille s'enfuirent en criant
et les villageois, effrayés, se hâtèrent
de chasser la fille de cendres et sa mère.
Dès qu'elles furent parties, le soleil revint.

Le père et la fille d'or rentrèrent chez eux.
Ils n'avaient plus personne à craindre et,
avec les richesses pêchées dans la rivière,
ils pouvaient vivre heureux jusqu'à la fin
de leurs jours.

Comment décrocher la lune

Nadine Walter, illustrations de Sébastien Pelon

Gina, la petite girafe, rêve tout le temps.
Elle rêve les yeux ouverts, elle rêve les yeux
fermés. Elle rêve quand le soleil brille,
elle rêve quand les étoiles scintillent.
À l'école ou au fond de son lit, elle rêve
sans fin. Cela lui vaut un tas d'embêtements :
– Gina, tu n'as pas mangé tes feuilles
de mimosa, grondent ses parents.
On ne te demande pourtant pas la lune !
– Gina, tu as oublié de ranger les broussailles,
gronde la maîtresse. Encore dans la lune ?
– Gina, tu n'as pas pensé à mon anniversaire,
gronde son ami Georges le tigre. Moi qui
croyais que tu voulais m'offrir la lune !

La vie est bien compliquée pour Gina.
Ce soir, elle réfléchit en s'endormant.
Demander la lune...

Décrocher la lune...
Offrir la lune...
À croire que la lune a des pouvoirs magiques !
Soudain, Gina dresse ses petites cornes.
Et si la lune était le remède à ses ennuis ?
– Il faut que je l'attrape !

La petite girafe sort dans la nuit claire,
et lève la tête vers le ciel. La lune est là,
accrochée haut dans les étoiles,
au-dessus de la savane.
– Comme elle brille ! On ne voit qu'elle...

Gina se dresse sur la pointe de ses sabots,
et tire sur son long cou. Elle tire de toutes
ses forces, jusqu'à ce que ses petites cornes
disparaissent dans les nuages...

Et bientôt, la lune rebondit sur l'herbe argentée de la savane. Jaune, énorme, magnifique !
Pourtant, la lune semble bien triste au milieu des broussailles... Aussi triste que son reflet tremblotant dans le point d'eau.
– Pourquoi m'as-tu décrochée du ciel, Gina ? demande-t-elle à la petite girafe.

Celle-ci n'a pas le temps de répondre : un terrible craquement retentit. La lune pâlit, inquiète. Elle n'a pas l'habitude de la savane.
Ces bruits bizarres, ces souffles, ces murmures... Là-haut dans la galaxie, tout est si calme en comparaison !

Les branches bruissent et s'écartent.
Un éléphant apparaît entre les troncs, les oreilles agitées, la trompe en colère.
– Je me cogne partout dans cette nuit noire ! barrit-il. J'ai vu de la lumière par ici, alors...
Il s'arrête, surpris.

– Madame la Lune ? Je croyais que vous étiez un reflet dans l'eau ! Que faites-vous sur terre ?

Mais un nouveau craquement les fait sursauter.
– Aïe, ouille !
Des singes bondissent hors des broussailles.
– Plus moyen de s'accrocher aux lianes ! râlent-ils. Il fait trop sombre !
Un hippopotame trempé arrive à son tour, en éternuant :
– J'ai bu la tasse, c'est malin ! Qui a éteint la veilleuse dans le ciel ?
La petite girafe baisse la tête vers ses longues pattes frêles.
– C'est moi. J'ai décroché la lune pour l'offrir à mon ami Georges.
– Gina ! protestent les singes. La lune appartient à tout le monde, voyons !

À ce moment, un tigre débouche des fourrés, les yeux brillants.
– *Rrraouuu !* feule-t-il.

– Georges ! se réjouit Gina. Voici la lune, pour toi. Bon anniversaire !
Le tigre écarquille les yeux devant l'astre rond et roux.
– En voilà un drôle de cadeau… Je me demande si ma tanière est assez grande !

La lune regarde la petite girafe :
– Est-ce vraiment ce que tu désires, Gina ? Chaque fois que tu voudras rêver désormais, tu te retrouveras enfermée au fond d'une tanière, au lieu de t'envoler dans les nuages, et de me retrouver près des étoiles…
Déçue, la petite girafe racle une touffe d'herbe du bout de son sabot.
– Alors vous n'êtes pas la solution à mes problèmes, Madame la Lune ?
– Eh non ! Gina. Ma place est dans le ciel à éclairer la terre, à accueillir les rêveurs, et à offrir des clairs de lune aux amoureux. Toi, ta place est sur terre à manger les feuilles des arbres, à réchauffer ton pelage roux au soleil, et à t'amuser avec tes amis…
Georges le tigre colle un gros baiser sur le museau de la petite girafe.
– Quant à moi, je serais très heureux de me promener sous un beau rayon de lune avec toi, pour mon anniversaire…
Rrraouuu !

L'éléphant, les singes et l'hippopotame
approuvent joyeusement :
– Tes journées seront d'autant plus belles
si tu continues à faire de beaux rêves
la nuit, Gina.

Cette fois, la petite girafe est convaincue.
Elle embrasse la lune sur ses joues rebondies.
– Vous avez raison : je vais vous rendre
à vos amies les étoiles !
La lune sourit, joyeuse :
– Tu ne le regretteras pas. Chaque fois
que tu regarderas le ciel et que tu verras
la pleine lune, Gina, tu sauras que je pense
tout particulièrement à toi.

Heureuse, la petite girafe fait glisser
la lune sur ses cornes et, de nouveau,
tire sur son cou, le plus loin possible.
Et la lune disparaît dans les nuages...
Les animaux de la jungle lui font
de grands signes.

Bientôt, le ciel et les étoiles recommencent
à briller, éclairés par l'astre de la nuit.
De nouveau, on distingue les contours
de la savane, les branches, les terriers,
les tanières, les broussailles, les racines.
Et, de là-haut, la lune fait un doux
sourire à Gina...

Le Petit Chaperon Rouge

D'après les frères Grimm, illustrations d'Ilya Green

Il était une fois une adorable petite fille que tout le monde aimait rien qu'à la voir. Sa grand-mère l'adorait et lui donnait souvent des cadeaux. Un jour, elle lui offrit un petit bonnet de velours rouge.
La fillette le trouva si joli, il lui allait si bien, qu'elle ne voulut plus porter autre chose. Et depuis on ne l'appela plus que le Petit Chaperon Rouge.

Un jour, sa mère lui dit :
– Tiens, Petit Chaperon Rouge, voici un morceau de galette et une bouteille de vin. Tu iras les porter à ta grand-mère. Elle est malade et affaiblie, et elle va bien se régaler. Vas-y tout de suite, avant qu'il ne fasse trop chaud ! Sois bien sage en chemin et ne saute pas à droite ou à gauche, sinon tu tomberais et casserais la bouteille et ta grand-mère n'aurait plus rien. Et puis, dis bien bonjour en entrant et ne regarde pas d'abord dans tous les coins !
– Je serai sage et ferai tout comme il faut, promit le Petit Chaperon Rouge à sa mère. La fillette lui dit au revoir et partit.

La grand-mère habitait à une bonne demi-heure du village, tout là-bas, au milieu de la forêt. À peine entrée dans le bois, le Petit Chaperon Rouge rencontra le Loup. Mais elle ne savait pas que c'était une si méchante bête et elle n'avait pas peur.

– Bonjour, Petit Chaperon Rouge,
dit le Loup.
– Merci à toi et bonjour aussi, Loup.
– Où vas-tu de si bonne heure,
Petit Chaperon Rouge ?
– Chez ma grand-mère.
– Que portes-tu là, dis-moi ?
– De la galette et du vin, dit le Petit
Chaperon Rouge. Nous l'avons cuite hier
et je vais en porter à ma grand-mère, parce
qu'elle est malade et que cela lui fera du bien.
– Où habite-t-elle, ta grand-mère, Petit
Chaperon Rouge ?
– Plus loin dans la forêt, à un quart d'heure
d'ici. Sa maison est sous les trois grands
chênes, et juste en dessous, il y a des
noisetiers, tu reconnaîtras forcément,
dit le Petit Chaperon Rouge.

Fort de ce renseignement, le Loup pensa :
« Un fameux régal, cette mignonne
et tendre jeunesse ! Meilleure encore
que la grand-mère, que je vais engloutir
aussi. Mais attention, il me faut être malin
si je veux les déguster l'une et l'autre ! »
Telles étaient les pensées du Loup tandis
qu'il faisait un bout de conduite au Petit
Chaperon Rouge.
Puis il lui dit, tout en marchant :
– Toutes ces jolies fleurs dans le sous-bois ;
comment se fait-il que tu ne les regardes
même pas, Petit Chaperon Rouge ? Et les
oiseaux, on dirait que tu ne les entends pas
chanter ? Tu marches droit devant
toi comme si tu allais à l'école, mais c'est
pourtant rudement joli, la forêt !

Le Petit Chaperon Rouge donna un coup
d'œil alentour et vit danser les rayons
du soleil entre les arbres, et puis partout,
partout des fleurs qui brillaient.
« Si j'en faisais un bouquet pour ma grand-
mère, se dit-elle, cela lui ferait plaisir aussi.
Il est tôt et j'ai bien le temps. »
Sans attendre, elle quitta le chemin, entra
dans le bois et cueillit des fleurs : une ici,
l'autre là... Mais la plus belle était toujours
un peu plus loin, et encore plus loin dans
la profondeur de la forêt.
Le Loup, pendant ce temps, courait tout
droit vers la maison de la grand-mère.

Le Loup frappa à la porte.
– Qui est là ? cria la grand-mère.
– C'est moi, le Petit Chaperon Rouge,
dit le Loup. Je t'apporte de la galette
et du vin, ouvre-moi !
– Tu n'as qu'à tirer le loquet, dit la grand-
mère. Je suis trop faible et ne peux me lever.

Le Loup tira le loquet, poussa la porte.
Il entra et s'avança, sans dire un mot,
jusqu'au lit de la grand-mère, et l'avala.
Il enfila ensuite sa chemise, s'enfouit la tête
sous son bonnet de dentelle et se coucha
dans son lit, puis tira les rideaux de l'alcôve.

Le Petit Chaperon Rouge avait couru de fleur
en fleur, mais à présent son bouquet était
si gros que c'était tout juste si elle pouvait
le porter. Alors, elle pensa à sa grand-mère
et reprit bien vite le chemin pour se rendre
auprès d'elle.
La porte était ouverte et cela l'étonna.
Quand elle fut dans la chambre, tout lui
parut de plus en plus bizarre et elle se dit :
« Mon Dieu, comme tout est étrange
aujourd'hui ! D'habitude, je suis si heureuse
quand je suis chez grand-mère ! »

Elle salua pourtant :
– Bonjour, Grand-mère !

Mais comme personne ne répondait,
elle s'avança jusqu'à son lit et écarta
les rideaux.
La grand-mère était là, couchée, avec son
bonnet qui lui cachait presque toute la figure,
et elle avait l'air si étrange.
– Comme tu as de grandes oreilles,
Grand-mère !
– C'est pour mieux t'entendre, répondit-elle.

– Comme tu as de gros yeux, Grand-mère !
– C'est pour mieux te voir, répondit-elle.
– Comme tu as de grandes mains !
– C'est pour mieux te prendre, répondit-elle.
– Oh ! Grand-mère, quelle grande bouche
et quelles terribles dents tu as !
– C'est pour mieux te manger, dit le Loup,
qui fit un bond hors du lit et avala le pauvre
Petit Chaperon Rouge d'un seul coup.

Sa voracité satisfaite, le Loup retourna
se coucher dans le lit et s'endormit bientôt,
ronflant plus fort que fort.
Le chasseur, qui passait devant la maison,
l'entendit et pensa :
« Qu'a donc la vieille femme à ronfler si fort ?
Il faut que tu entres et que tu voies si elle
a quelque chose qui ne va pas. »
Il entra donc et, s'approchant, vit le Loup
qui dormait là.

– C'est ici que je te trouve, vieille canaille !
dit le chasseur. Il y a un moment que je te
cherche !
Et il allait épauler son fusil, lorsque, tout
à coup, l'idée lui vint que le Loup avait
peut-être mangé la grand-mère et qu'il
pouvait être encore temps de la sauver.

Il reposa son fusil, prit des ciseaux
et se mit à tailler le ventre du Loup endormi.
Au deuxième ou au troisième coup
de ciseaux, il vit le rouge du chaperon
qui luisait. Deux ou trois coups de ciseaux
encore, et la fillette sautait dehors
en s'écriant :
– Oh ! là là ! quelle peur j'ai eue !
Comme il faisait noir dans le ventre
du Loup !

Et bientôt après, sortit aussi la vieille grand-mère, mais c'est à peine si elle pouvait encore respirer.

Le Petit Chaperon Rouge courut chercher de grosses pierres qu'ils fourrèrent dans le ventre du Loup. Et quand il se réveilla et voulut bondir, les pierres pesaient si lourd qu'il s'affala et resta mort sur le coup.

Tous les trois étaient bien contents : le chasseur prit la peau du Loup et rentra chez lui. La grand-mère mangea la galette et but le vin que le Petit Chaperon Rouge lui avait apportés, ce qui lui redonna des forces. Quant au Petit Chaperon Rouge, elle se jura : « Jamais plus de ta vie tu ne quitteras le chemin pour courir dans les bois, quand ta mère te l'a défendu. »

La princesse aux 1000 caprices

Christophe Miraucourt, illustrations de Bruno Gibert

Le royaume que voici ressemble comme deux gouttes d'eau aux royaumes voisins, à l'exception d'un tout petit détail.
On y trouve bien un château et des cachots, des paysans et des manants, un roi et une reine, mais surtout il y a la princesse Juju, qui est aussi belle qu'elle est capricieuse. Chacun, dans le royaume, doit exécuter la moindre de ses volontés.
Un jour, par exemple, Princesse Juju décide que tous les habitants marcheraient les pieds en l'air et la tête en bas... ce qui n'est pas très pratique pour se laver les dents ou faire ses courses.
Le lendemain elle change d'avis, et tout le monde devait avancer à cloche-pied... ce qui n'est pas très facile pour porter des œufs sans faire d'omelettes.
Et gare à ceux qui n'obéiraient pas !
Une autre fois, elle fait repeindre le château tout en rose, puis comme le soleil lui blesse les yeux, quand il se réfléchit dessus, il faut le peindre à nouveau, mais en bleu turquoise.

Le roi son père et la reine sa mère ne savent pas quoi faire.
– Peut-être devrions-nous l'envoyer dans une pension, soupire le roi.
– Ou bien lui donner une cuillerée de sirop contre la toux, suggère la reine qui est toujours très inquiète pour la santé de sa fille.

Comme ses parents ne tombent jamais d'accord et que personne n'ose dire qu'une bonne fessée serait sûrement un excellent remède, Princesse Juju continue de n'en faire qu'à sa tête.

Ce matin-là, au petit déjeuner, quand le cuisinier lui apporte des petits pains beurrés, posés sur un plateau d'argent, Princesse Juju s'exclame, d'un ton boudeur :
– J'ai horreur des petits pains !
– Mais... mais... mais, balbutie le pauvre homme. Je vous en ai servi hier, le jour d'avant, et encore le jour qui a précédé !
– Peut-être, mais aujourd'hui je ne les aime plus !
D'un ton sévère, le roi la réprimande :
– Vous ne quitterez pas la table tant que vous n'aurez pas déjeuné, ma fille.
– Ça m'est égal, réplique-t-elle en haussant les épaules. J'attendrai mille ans s'il le faut, mais je ne toucherai pas à ces petits pains. Ce matin, je veux des tartines grillées et une soucoupe de fraises !
– Hum ! Hum ! fait le roi, bien embêté par l'entêtement de la princesse. Je vais donc être obligé de vous punir.
D'un ton très doux, la reine rappelle à son mari :
– Vous savez très bien qu'on ne punit pas une princesse !
– C'est vrai, réfléchit le roi. Que le cuisinier soit puni à la place de notre fille !

– Qu'on lui coupe la tête ! applaudit Princesse Juju, alors que le pauvre homme tremble de la tête aux pieds.
Sa moustache elle-même frétille comme un poisson sorti de l'eau.
Une fois encore, la reine intervient :
– Qui nous préparera à manger si nous n'avons plus de cuisinier ?
Le roi est ennuyé. La reine a raison.
Ils ne peuvent se passer du cuisinier... mais en même temps il faut maintenir la punition.
En attendant que son père prenne une décision, Princesse Juju croise les bras et boude devant son petit déjeuner.
Soudain, un sourire illumine le visage du roi.
Il a trouvé une solution.
– Qu'on amène le fils du cuisinier ! crie-t-il. C'est lui qui sera puni !
– Oui ! Oui ! Qu'on le fasse rôtir ! reprend la princesse en applaudissant. Oh et puis non, ce n'est pas très drôle... qu'on lui fasse manger trois assiettées d'épinards !
Princesse Juju frissonne de dégoût.
Elle dé-tes-te les épinards.

Ainsi passent les journées au château.
Et tout aurait continué ainsi si la princesse
n'avait voulu échapper à son cours de bonnes
manières.
Une fois par semaine, Dame Petsec,
sa gouvernante, lui enseigne comment
se tenir, comment s'habiller, comment
parler, ce qu'il faut dire ou ne pas dire.
Princesse Juju ne l'aime pas beaucoup.
Cette femme maigrichonne n'arrête pas
de la reprendre.
De sa voix pincée et nasillarde, Dame Petsec
répète toujours la même chose :
– Lorsque vous mangez, ne mettez pas
vos coudes sur la table, Princesse.
– Est-ce que je peux mettre les pieds ?
se moque alors Princesse Juju.
– N'oubliez pas de remercier la personne
qui vous offre un cadeau, ajoute
la gouvernante, en faisant mine
de tendre un paquet.

– Merci, marmonne alors Princesse Juju.
– Merci qui ?
– Mon chien ? demande-t-elle malicieusement
à la gouvernante, qui manque de s'étouffer.
Et ainsi de suite.

Aujourd'hui, justement, c'est le jour
de son cours, et la princesse n'est pas
d'humeur à supporter sa gouvernante.
Et puis il fait si beau dehors ! Plutôt que
de rester enfermée, elle se promènerait bien
dans la forêt toute proche.
À l'idée d'échapper à la surveillance
de Dame Petsec, Princesse Juju est ravie.
Vite, elle se faufile dehors et emprunte
le premier sentier qui s'enfonce dans la forêt.
C'est très amusant !
Mais après avoir pris le premier chemin
sur sa gauche, puis suivi le premier chemin
sur sa droite, marché, tourné, viré…
la princesse est bientôt perdue.

Elle a l'impression que la forêt s'est
transformée en un gigantesque labyrinthe.
« Bah ! pense-t-elle. Je finirai bien
par rencontrer quelqu'un qui me ramènera
chez moi. »
Au château, bien sûr, c'est la panique.
Depuis qu'on s'est aperçu de la disparition
de la princesse, les gardes ont fouillé tous
les recoins du château, mais elle reste
introuvable.
– C'est ma faute, se lamente le roi. Ma fille
s'est sauvée. J'ai été trop sévère avec elle !
– Pourvu qu'elle ne s'enrhume pas,
se désole la reine. Elle est si fragile !
Dame Petsec, elle, n'a rien pu dire,
car elle s'est évanouie à l'idée de tous
les dangers qui menacent la princesse
à l'extérieur du château.

Pendant ce temps, la nuit est presque tombée.
Princesse Juju, qui marche depuis
de longues heures, aperçoit une lueur
qui filtre par une fenêtre. C'est la cabane
d'un couple de pauvres bûcherons.
La femme reconnaît aussitôt la princesse,
et s'écrie :
– C'est un grand honneur de vous accueillir
chez nous.
– Je me suis perdue ! coupe la princesse.
J'ai faim ! À manger !
Le bûcheron, qui est un brave homme,
ne s'offusque pas du ton sec de la princesse,
et lui sert un bol de soupe.

– Quelle horreur ! se fâche Princesse Juju
en repoussant le bol. Je suis une princesse,
et les princesses ne mangent pas de soupe.
Au château, je mange du poulet rôti à la
broche, servi dans une assiette en argent !
– Tu fais bien comme tu veux, répond
le bûcheron, mais c'est là notre seule
nourriture.
Princesse Juju reste sans voix.
On ne lui a jamais parlé de cette façon,
et elle ne sait pas quoi répondre.

Son ventre se met à gargouiller quand
le bûcheron et sa femme mangent leur soupe.
Elle trempe ses lèvres dans le bol et hum !
avale toute la soupe. C'est bien meilleur
qu'elle ne le pensait…
– N'oublie pas de laver ton bol,
dit le bûcheron après le repas.
– Je ne suis pas une domestique ! se plaint
Princesse Juju. Je suis une princesse,
et les princesses ne font pas la vaisselle !
Au château, j'ai cinq servantes qui s'occupent
uniquement de mes couverts.

– Tu fais bien comme tu veux, réplique
le bûcheron, mais personne ne lavera ton bol
à ta place, et tu déjeuneras dedans demain
matin.
Le bol est sale et le bûcheron n'a pas l'air
de plaisanter.
La princesse va chercher de l'eau au puits,
et nettoie son bol. Finalement, elle trouve
assez amusant de jouer avec l'eau.

Puis la princesse bâille.
– J'ai sommeil, annonce-t-elle.
– Prends ce lit, dit le bûcheron,
en désignant une paillasse disposée
à même le sol.
– Je ne dormirai pas là-dessus ! proteste
Princesse Juju. Je suis une princesse,
et les princesses ne dorment pas sur
une paillasse. Au château, je me couche
dans des draps de soie.
– Tu fais bien comme tu veux,
répond le bûcheron, mais je n'ai pas
de meilleur lit. Si tu préfères dormir
debout, ne te gêne pas.

Mais Princesse Juju a les yeux qui se ferment
tout seuls, alors elle s'allonge sur la paillasse.
Celle-ci n'est pas aussi dure qu'elle le pensait.
– Demain, je te conduirai au château,
dit le bûcheron en soufflant la bougie.
« Demain, pense la princesse en s'endormant,
mon père aura envoyé ses gardes
à ma recherche, et je ferai enfermer
ce maudit bûcheron et sa femme ! »

Mais le lendemain, un épais brouillard
s'est abattu sur tout le royaume
et les gardes ne peuvent sortir du château.
La princesse tourne en rond dans la cabane,
mais il lui faut bien se rendre à l'évidence :
personne ne viendra la chercher.
« Tant pis, se dit-elle. Demain le brouillard
se lèvera, et les gardes me ramèneront. »
Mais le lendemain, le jour suivant et encore
plein d'autres après, le brouillard enveloppe
le royaume comme une couverture.

Pendant ce temps, Princesse Juju apprend
chaque jour toutes sortes de choses très
utiles, qu'on soit princesse ou non :
comme à être polie, à dire "merci"
et "s'il te plaît", à dire "je voudrais"
plutôt que "je veux".
Elle découvre aussi que rendre service
peut être agréable.
Alors elle met la table, va chercher du bois,
et aide la femme du bûcheron à préparer
le repas.

Désormais, elle s'habille et se peigne seule.
Bien sûr, de temps en temps, elle tape encore
du pied quand, par exemple, le bûcheron
lui tend, pour jouer, un morceau de bois
à la place d'une poupée en porcelaine,
mais cela ne dure jamais très longtemps.

Au bout d'une semaine, le brouillard se lève
enfin. Les gardes sillonnent tout le royaume.
Ils ne tardent pas à découvrir la cabane,
et à ramener Princesse Juju au château.

Elle est devenue la plus aimable
des jeunes filles !
Une telle transformation ravit ses parents,
et le roi décide de nommer le bûcheron
Ministre de l'Éducation Royale
et sa femme préceptrice de la princesse.

Il paraît que, des années plus tard,
Princesse Juju a épousé le fils du cuisinier
(vous savez, celui-là même qui avait dû
avaler trois assiettées d'épinards),
et ils vécurent très heureux.

Je m'ennuie dans mon lit

Geneviève Noël, illustrations d'Hervé Le Goff

Ding dong, il est minuit, l'heure du dodo.
Pourtant, Mélanie souris n'arrive pas
à dormir.
Elle crie :
– J'm'ennuie dans mon lit ! J'sais pas quoi
faire !
Les yeux lourds de sommeil, Maman souris
soupire :
– Le lit, c'est fait pour dormir !
– Avant de dormir, j'veux faire un p'tit pipi,
dit Mélanie.

Et elle se balance sur son pot en chantant :
– J'ai pas sommeil, pas sommeil ! Aussi,
avant de m'endormir, je vais m'amuser
sur mon lit.
Hop, elle bondit sur sa couette, elle rebondit
sur son oreiller, elle fait six pirouettes,
dix galipettes, puis elle crie :
– Avant de m'endormir, j'veux manger
du gruyère, du camembert, des pommes
de terre.

Quand elle a tout dévoré, Mélanie souris
se blottit dans son lit, puis elle dit :
– Ça y est, j'ai sommeil !
Et *plouf*, elle s'endort en une minute.

Ravie, Maman souris se dit :
« *Chic*, je vais pouvoir dormir, moi aussi. »
Et elle se blottit dans son lit, elle ferme
les yeux, elle se tourne, elle se retourne...
Mais impossible de dormir !

Alors, Maman souris éclate de rire.
Vite, elle bondit sur sa couette,
elle rebondit sur son oreiller,
elle fait six pirouettes et dix galipettes.
Encore plus vite, elle grignote du gruyère,
du camembert et des pommes de terre.
Puis elle se dit :
« Ça y est, j'ai sommeil ! »
Et *plouf*, elle s'endort en une minute.

La fille de neige

Raconté par Robert Giraud d'après la tradition russe,
illustrations d'Hélène Muller

Il était une fois un homme et sa femme qui
avaient passé de longues années ensemble.
Ils s'entendaient bien et s'aimaient beaucoup.
Leur seule tristesse était de ne pas avoir
d'enfants.
L'hiver venait de commencer. Il était déjà
tombé plein de neige. On s'enfonçait
jusqu'à la taille dans le doux manteau blanc.
Bien souvent, les deux époux collaient le nez
à la fenêtre pour voir les enfants des voisins
jouer dans la rue, dévaler les pentes sur
leur luge, se battre à coup de boules de neige.
Le vieil homme et sa femme avaient le cœur
bien gros.

Un beau jour, il vint à l'homme une idée.
Il mit sa toque de fourrure, prit sa femme
par le bras et ils sortirent dans la cour.
– Puisque nous n'avons pas d'enfants,
fit le vieux, nous nous fabriquerons
une petite fille avec de la neige.
Ce sera notre fille de neige.

Ils amassèrent une grosse boule de neige
pour le corps, en roulèrent une plus petite
pour la tête, tassèrent des boudins de neige
et les fixèrent au corps pour faire les bras
et les jambes.

Tandis que la femme habillait la grosse boule
d'un manteau et d'un foulard, l'homme,
avec le pouce, lui façonna un nez,
une bouche et un menton.
On aurait dit une vraie petite fille,
celle qu'ils attendaient en vain depuis
tant d'années. Leur fille.

Et soudain, dès que l'homme eut fini
le visage, les lèvres de la fille de neige
se colorèrent en rouge, et elle remua
ses bras et ses jambes.
Les deux vieux, émerveillés, emmenèrent
la fillette chez eux. Elle était si mignonne
qu'ils ne se lassaient pas de la contempler.

La fille de neige grandissait à une vitesse
étonnante. Sa taille augmentait autant
en une journée que celle d'un enfant
ordinaire en un mois.

La fille de neige devenait aussi de plus
en plus belle, avec sa longue tresse blonde
jusqu'aux reins et sa peau d'une blancheur
laiteuse. L'enfant était sage, avenante,
toujours gaie, et gazouillait comme
un pinson. Elle ne rechignait pas à l'ouvrage,
cousait, brodait volontiers et, tandis que
ses doigts agiles s'affairaient, elle chantait
une chanson après l'autre.
L'homme et la femme en avaient les larmes
aux yeux.

L'hiver passa, les premières hirondelles
arrivèrent à tire d'aile, annonçant
le printemps, et un vent tiède souffla.
La neige s'affaissa, des trous s'y creusèrent.
La terre noire, peu à peu, réapparut,
gorgée d'eau. La nature s'éveilla, les arbres
bourgeonnèrent, les fines pousses d'herbe
verte s'élancèrent vers le soleil.
Les villageois s'interpellaient joyeusement.

La fille de neige, elle, perdait peu à peu
sa belle humeur. On ne l'entendait plus
gazouiller ni chanter.
Le vieil homme et sa femme s'inquiétèrent.
– Dis-nous quel est ton chagrin, petite !
Dis-nous ce qui te tracasse ! Peut-être as-tu
attrapé une maladie ?
– Mais non, père, mais non, mère, leur
répondit la fille de neige. Je vais très bien.

Dehors, les dernières traces de neige
disparurent, les fleurs émaillèrent les prairies
de leurs mille couleurs.
Les arbres se remplirent d'oiseaux.
La fille de neige devenait toujours plus triste.
Elle ne causait plus, fuyait le soleil,
ne quittait jamais l'ombre.

Un beau jour, le vent tourna au nord,
de gros nuages noirs couvrirent le ciel et
de lourdes boules de glace frappèrent le sol.

D'un coup, la fille de neige retrouva sa belle
humeur, elle bondit dehors et offrit
son visage aux grêlons.

Mais la bourrasque ne dura pas.
Le soleil revint, faisant fondre les belles
perles froides.
La fille de neige revint dans la maison
et se mit à sangloter, comme si elle avait
perdu un être cher.

Après le printemps vint l'été, et un beau jour, une bande de jeunes villageoises vint chercher la fille de neige pour l'emmener promener en forêt. La fille de neige ne voulait pas les suivre, mais les vieux lui expliquèrent :
– Voyons, notre fille, tu t'ennuies ici toute seule, sans personne avec qui t'amuser. Profite du beau temps, va jouer avec les autres filles du village, et tu retrouveras ta belle humeur.

La fille de neige céda et finit par suivre les jeunes villageoises.

La bande, chantant et dansant, cheminait au milieu des grands arbres.

Les filles se prenaient par la main et déroulaient sous les feuillages des farandoles endiablées. Seule la fille de neige ne partageait pas leur gaîté.

Comme le jour baissait, les villageoises ramassèrent du bois mort et allumèrent un feu.

Puis, elles se mirent en rang et, chacune à leur tour, sautèrent par-dessus le brasier. La fille de neige prit la dernière place tout au bout de la file.

À la suite de ses compagnes, la fille de neige prit son élan, s'éleva au-dessus des flammes et... s'évanouit dans l'air, ne laissant derrière elle qu'un nuage de brouillard pâle. Le nuage monta lentement vers le ciel de la clairière.

Les villageoises appelèrent :
– Fille de neige, fille de neige !
Mais seul l'écho leur répondit.

Le nuage ténu s'était élevé haut dans le ciel. En s'éloignant, il passa au-dessus de la maison des deux vieux. Ceux-ci crurent reconnaître dans la forme du nuage une apparence familière et ils entendirent comme une voix qui disait :
– Celle que l'été a fait fuir,
l'hiver la ramènera.

Jolie-Lune et le secret du vent

Mary-Hélène Sarno, illustrations d'Ilya Green

Jolie-Lune habitait une maison près
de la rizière, dans un petit village de Chine.
Ce qu'elle préférait par-dessus tout,
c'était observer les oiseaux et les voir
s'envoler très haut dans le ciel.

Un jour, sur le chemin menant chez elle,
elle trouva un oiseau qui s'était blessé.
« Je vais le soigner, se dit-elle. Il guérira
et il m'apprendra tous ses secrets. »

Les jours passaient.
Dès que le soleil s'était levé, Jolie-Lune
travaillait dans la rizière et repiquait le riz
avec ses parents et les autres paysans.

Dès que le soleil se couchait,
elle s'occupait de son oiseau.

Elle lui donnait les restes des repas
de la famille : des pousses de bambou,
des épluchures de légumes et de fruits.
Jolie-Lune lavait les plumes de l'oiseau
avec quelques gouttes d'eau et beaucoup
de douceur. Elle le caressait en lui
murmurant des mots d'encouragement.

Peu à peu, l'oiseau reprenait des forces.
Il sautillait sur le chemin, il remuait parfois
ses ailes, mais il ne volait toujours pas !
Cela inquiétait tant Jolie-Lune qu'elle en
perdait le sommeil...

Une nuit, elle quitta son lit et s'approcha
de la fenêtre. La lune, grosse boule ronde
et blanche, éclairait son ami.
– Oiseau, lui dit-elle, pourquoi ne
voles-tu pas ?
À sa grande surprise, il lui répondit :
– Je volerai le jour où tu auras, toi aussi,
apprivoisé le vent.

Jolie-Lune ne savait que penser de ces paroles mystérieuses. Elle avait beau réfléchir, elle ne comprenait pas.

Alors, elle décida d'aller voir son grand-père. C'était l'homme le plus âgé et le plus sage de tout le village. Il donnait souvent d'excellents conseils que chacun s'efforçait de suivre.
Elle le trouva, assis tranquillement devant sa maison : il regardait brouter un buffle en lissant sa longue barbe blanche.
Il écouta le récit de sa petite-fille avec attention, eut un petit sourire et rentra chez lui.

Le grand-père revint bien vite et déposa entre les mains de Jolie-Lune : une feuille de papier de riz de couleur rouge, une longue ficelle et plusieurs bâtons de bambou.
– Ce sont ces objets qui t'aideront à apprivoiser le vent, dit-il en souriant à sa petite-fille. Cherche ce que tu peux en faire et tu trouveras.

Jolie-Lune s'en retourna et se mit aussitôt à plier, à couper, à enrouler, à nouer.
Elle essaya tant et tant de possibilités...
Parfois elle était découragée, mais elle avait tellement confiance en son grand-père qu'elle recommençait toujours.

Elle finit par fabriquer… une jonque,
une de ces barques de pêcheurs que l'on voit
flotter sur les rivières chinoises.

Jolie-Lune, ravie de sa trouvaille, courut chez
son grand-père, et lui cria :
– Regarde ce bateau ! Est-ce grâce à ses voiles
que je connaîtrai le secret du vent ?

Le vieil homme secoua la tête et répondit :
– Non ! Ce bateau est très beau mais tu dois
encore réfléchir. Va, je suis certain que
tu réussiras. Cherche et tu trouveras.

De nouveau, Jolie-Lune s'installa devant sa
fenêtre. Elle se mit à tourner et à retourner
entre ses mains les morceaux de bambou,
la ficelle et le papier de riz, tout en admirant
son ami aux belles plumes.

Soudain, elle eut une idée… Ses doigts
s'agitèrent très vite et très habilement.
Et elle s'écria :
– Voilà, je crois que j'ai enfin trouvé !

En entendant ses cris de joie, son grand-père
accourut.

Il découvrit... un cerf-volant,
un de ces oiseaux de papier que l'on voit
voler dans le ciel chinois.
– Bravo Jolie-Lune ! lui dit-il. Suis-moi :
je vais te montrer quelque chose.

Il sortit de sa poche une courte flûte
en bambou et l'accrocha au cerf-volant.
Tout en serrant fort la ficelle, Jolie-Lune
vit le vieil homme lever bien haut l'oiseau
de papier qui monta vers les nuages.
À l'instant même où le cerf-volant s'élevait,
le vent fit chanter la flûte et une douce
musique s'échappa de l'instrument.

L'oiseau se mit alors à battre des ailes
et s'élança à son tour dans le ciel,
comme pour l'accompagner.
Jolie-Lune n'en croyait ni ses oreilles,
ni ses yeux. Elle avait tellement attendu
ce moment merveilleux.
– Merci Grand-père ! Merci l'oiseau !

Depuis ce jour, près de la rizière, on peut
très souvent apercevoir une petite fille
et un oiseau qui jouent avec un cerf-volant
et le vent qu'ils ont apprivoisé !

La petite fille et le monstre

Raconté par Albena Ivanovitch-Lair et Robert Giraud
d'après la tradition africaine, illustrations de Stéphane Girel

Il était une fois, il y a très longtemps en
Afrique, une famille de paysans qui habitait
une case isolée en bordure de forêt.
Chaque jour, le père et la mère partaient
de bonne heure pour cultiver leur champ.
Ils étaient obligés de laisser seule leur fille,
la douce Skatikélé, car le trajet aurait été trop
long et trop fatigant pour elle.
Elle restait à jouer et à s'occuper
dans la fraîcheur de la maison.
Tous les matins, avant de partir, la maman
préparait un bon repas pour sa fille et, tous
les soirs, elle constatait avec plaisir que le
repas avait disparu.
À ses questions, la petite répondait à chaque
fois qu'elle avait tout mangé, qu'elle s'était
régalée, mais qu'elle avait encore bien faim.
Et c'est vrai qu'au dîner Skatikélé mangeait
comme quatre. Ses parents se réjouissaient
de son si bel appétit, mais, en même temps,
ils s'étonnaient et surtout s'inquiétaient

de la voir toujours aussi maigre.
Un jour, ils décidèrent d'observer
ce qui se passait à la maison en leur absence.
La maman laissa à Skatikélé pour son
déjeuner un magnifique poulet rôti.
Puis les parents firent semblant de partir
au champ comme d'habitude.
En réalité, ils allèrent se cacher non loin
de la maison.

Quand le soleil fut haut dans le ciel,
les parents entendirent des froissements
et des craquements de branches : c'était
le monstre de la forêt, qui avançait debout
sur ses pattes de derrière.
Arrivé à la lisière de la forêt, le monstre
poussa quelques grognements et appela :
– Skatikélé, ton père est-il là ?
– Non, répondit la petite fille à travers
la porte.
– Skatikélé, ta mère est-elle là ?
– Non, reprit la petite voix.
– Tu dis vrai, Skatikélé ?
– Je te le jure !
– Alors, j'arrive !

Arrivé devant la case, le monstre demanda
à la petite fille :
– Qu'y a-t-il de bon à manger aujourd'hui ?
– Ma mère m'a préparé un poulet rôti
avec du riz.
À leur surprise, les parents virent alors
leur fille ouvrir la porte au monstre
et lui tendre le plat. Le monstre de la forêt
planta aussitôt ses dents dans le poulet
et le dévora en un clin d'œil sans en laisser
une miette. Puis il grogna un remerciement
et repartit dans la forêt.
Les parents sortirent de leur cachette et,
sans se faire voir, s'en allèrent au champ.

Le soir, à leur retour, les parents demandèrent comme d'habitude à leur fille comment elle avait trouvé son repas.
– Le poulet était délicieux, répondit Skatikélé. J'ai tout mangé, mais j'ai quand même encore très faim !
– Tu n'as rien mangé ! Ce n'est pas vrai ! s'écria son papa. Ton poulet, c'est le monstre de la forêt qui l'a mangé, nous l'avons vu.
– Nous avons compris pourquoi tu restes si maigre, dit la maman. C'est ce gros costaud qui prend tous les midis ton repas. Tu n'as pas le droit de lui donner ta nourriture !
– Oui, mais il a tellement faim, il n'a rien à manger !
– C'est un paresseux qui ne se donne pas la peine de trouver lui-même à se nourrir, dit le papa. Il mérite une leçon. J'ai une idée…

Avec de la paille, tous les trois formèrent une tête, un corps, des bras, des jambes et, en les attachant ensemble, cela fit un bonhomme. Le père le bourra de chiffons, l'enduisit de goudron bien collant et le plaqua contre le mur de la pièce.
Le lendemain matin, la mère cuisina un autre poulet et mit une cuisse bien dodue dans chaque main du bonhomme de paille.

Le piège était prêt.
Ses parents recommandèrent à Skatikélé de dire bonjour au monstre comme d'habitude, puis de le laisser se débrouiller. Et ils allèrent se cacher derrière la case.

Vers midi, le monstre parut, demanda à la fillette si son père et sa mère étaient bien partis. Suivant les recommandations de ses parents, elle l'invita à entrer dans la case. En découvrant le petit bonhomme, le monstre s'arrêta net et demanda :
– Qui c'est, celui-là ? Je ne le connais pas.
– C'est mon petit frère qui mange du poulet.

– Moi, j'en veux aussi, dit le monstre.
– Tu n'as qu'à lui demander, répondit
Skatikélé.
– Donne-moi une cuisse de poulet, l'ami !
fit le monstre en s'adressant au bonhomme.
Mais celui-ci, évidemment, ne lui répondit pas.

– Demande-lui plus fort, il n'entend pas
bien ! lui conseilla Skatikélé.
Le monstre cria de plus en plus fort,
une fois, deux fois, trois fois, mais en vain.
– Eh bien, tape-lui dessus, reprit la petite
fille, et il te donnera un morceau de poulet !
Le monstre frappa le bonhomme à l'épaule…
et sa grosse patte s'y colla.
Pour se dégager, il appuya sa seconde patte
contre la poitrine pleine de goudron
et elle y resta collée elle aussi.

Le monstre, qui n'était vraiment pas malin,
se mit à taper des pieds dans les jambes
du « petit frère » pour lui faire lâcher prise.
Et il se retrouva ainsi les quatre pattes
collées, incapable de remuer et de se libérer.

Le monstre ne comprenait toujours pas
ce qui lui arrivait, et il cria même à Skatikélé
qui avait bien du mal à garder son sérieux :
– Dis à ton petit frère de me lâcher !
Je veux manger ! Je veux rentrer chez moi !

À ce moment, les parents sortirent de leur
cachette. Ils arrivèrent chacun avec un gros
bâton et flanquèrent une bonne raclée
au monstre.

– Cela t'apprendra à prendre la nourriture
des autres, dirent les parents.
– Si tu veux manger avec nous, dit le père,
il te faudra nous accompagner au champ
et tous les jours nous aider à cultiver la terre.
Ainsi, tu mériteras ta nourriture.

Tout penaud, le monstre promit de travailler. Alors les parents déchiquetèrent le bonhomme de paille et, avec l'aide de Skatikélé, libérèrent le monstre. Ils l'emmenèrent à la rivière et lui lavèrent soigneusement les pattes pour les débarrasser du goudron.

Depuis ce jour-là, le monstre de la forêt travaille avec les parents de Skatikélé. Il porte même sur son dos la petite fille pour qu'elle ne reste plus seule dans la maison. Et celle-ci est devenue une belle demoiselle aux joues bien rebondies.

Lola Moineau

Kochka, illustrations de Madeleine Brunelet

Après le départ de Papa, ma petite sœur Lola s'est mise à faire des cauchemars et à refaire pipi au lit.

Alors j'ai eu l'idée de suspendre une lampe à pétrole sur son balcon, comme on fait sur les bateaux. On l'allumera le soir à la tombée du jour, en même temps que Lola nourrira son poisson.

Ce jour-là, on a aussi acheté une veilleuse pour Lola, et on a inventé une chanson :

Petite Lola dort bien sur l'eau,
Ta maison est un bon bateau.

Ce soir, vendredi, on fête l'anniversaire de Lola. Elle a cinq ans.

Il pleut et la nuit est tombée. L'eau coule comme des vagues sur les fenêtres, et on ne voit plus rien, sauf la lumière tremblante de la lampe à pétrole qui dessine une lueur.

Maman éteint les lampes pour allumer les bougies et on se met à chanter un *Joyeux Anniversaire* pour Lola !
J'y mets tout mon cœur pour combler la voix absente de Papa. Dehors les flots redoublent ; dedans les flammes s'agitent. Lola s'apprête à souffler ses bougies quand on sonne à la porte ! C'est sûrement un cadeau de dernière minute pour elle ! Je veux courir pour aller voir, mais Maman m'en empêche.
– Reste assis, Hugo. J'y vais.

Avant le départ de Papa, Maman adorait les visites surprises. Mais depuis qu'on vit tous les trois, toute sonnerie à l'improviste la terrifie. Parfois je me moque d'elle à cause de ça, alors elle se moque aussi de moi. Elle dit que je n'ai que dix ans, et que je dois fermer mon tout petit clapet.

– Qui est-ce ? demande Maman.
Du salon, on n'entend pas la réponse, mais la porte s'ouvre : c'est Papa. Notre papa ! Lola saute de sa chaise, traverse le couloir comme une flèche, et se jette dans ses bras ! Les bougies fondent sur le gâteau. Je les éteins pour éviter que le glaçage au chocolat ne devienne un glaçage à la cire rose. Puis je me poste au bout du couloir sans bouger.

On n'a pas vu Papa depuis presque quatre mois, depuis qu'il est tombé amoureux d'une autre femme. Il nous a téléphoné quelquefois, mais il n'a parlé qu'à Lola. Papa est trempé. Il dégouline de partout comme du linge non essoré. Je le trouve un peu plus vieux qu'à son départ, et il a l'air fatigué. Dans ses mains, il porte une drôle de boîte ; mais ni bonsoir, ni bon anniversaire, ni rien :
– Qu'est-ce que tu viens faire ici ? demande Maman.
– J'ai malencontreusement bousculé un oiseau.
Maman ne comprend rien à cette histoire d'oiseau, alors Papa ouvre la boîte. Dedans, je reconnais le chiffon sale et froissé de la voiture, celui qui sert à essuyer les vitres.

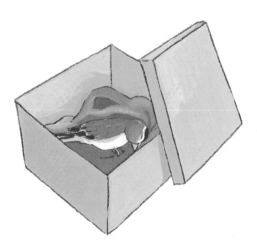

Un moineau est enfoui dans ses plis.
– Qu'il est mignon ! s'écrie Lola.
– Je l'ai cogné en roulant, explique Papa.
Il devait avoir un problème à une aile,
il a heurté mon pare-brise.
– Le pauvre ! s'attriste Lola.
– Alors, poursuit Papa, je me suis garé
et je l'ai ramassé. Seulement, j'ai un rendez-
vous important maintenant, et je suis en
retard. Est-ce que tu peux, Lola, t'occuper
de l'oiseau ? Est-ce que tu peux l'aider, Hugo ?
Lola se jette sur la boîte en criant :
– Oui je l'adore, je l'adore !
Maman est prise de court.
– Très bien, dit Papa en refourguant la boîte
à Lola. Alors je te le confie, et prenez-en soin
jusqu'à demain.
Sur quoi, il nous embrasse et s'en va.

Maman prend la boîte des mains de Lola,
et la pose à l'écart.
– À table ! dit-elle. On va couper le gâteau !
Elle s'assoit et enlève les bougies que Lola
n'a pas soufflées.
Lola remarque :
– Il est gentil Papa !
Maman reste muette.
Lola demande :
– Maman, l'oiseau, c'est une fille ou un garçon ?
Maman ne répond pas, alors j'avance
pour la faire taire :
– C'est une petite fille comme toi.
C'est une toute petite moinelle.
– Tu es sûr ? me demande-t-elle.
Je lui dis :
– Regarde, ça se voit à ses pattes
et à son bec. Elle a un vrai bec de fille !

Délaissant nos cadeaux, Lola se jette
sur la boîte de l'oiseau :
– Bon, déclare-t-elle en l'ouvrant, assez joué
maintenant : tu dois manger quelque chose !
Et les mains posées sur les hanches,
elle demande :
– Qu'est-ce que ça mange, les moinelles ?

Je fonce sur le paquet de riz dans le placard
de la cuisine. Au dos du paquet, j'ai repéré
un numéro vert où on peut téléphoner
si on a des questions sur la protection
de l'environnement et le sauvetage
des animaux.
Il est 20 heures passées mais, malgré l'heure
tardive, un homme décroche et répond.
J'installe le haut-parleur pour Lola
qui est dans mes jambes.
D'abord, l'homme nous raconte sa vie.
Il a déjà sauvé une mouffette, un lionceau,
des chats, des rats, un flamand rose
et même un panda du Népal.
– Alors, dit-il, je devrais savoir vous conseiller
pour sauver un moineau ! Cela dit,
ajoute-t-il, c'est très fragile un oiseau.
Surtout si c'est un jeune.
En suivant ses consignes, Maman cuit
un jaune d'œuf, et l'écrase dans de l'eau
jusqu'à obtenir une pâte liquide jaune pâle.
Entre-temps, j'annonce que je vais
à la pharmacie pour acheter une seringue.
Lola exige de m'accompagner.

Elle crie que c'est son oiseau à elle, que Papa
le lui a confié, que c'est elle qui doit le sauver,
et que c'est son anniversaire !
Je lui enfile son K-Way et on part en courant.
– C'est pour quoi faire cette seringue ?
m'interroge la pharmacienne avec suspicion.
– C'est pour sauver ma moinelle ! répond
Lola. Et c'est mon anniversaire, même
que Papa est venu !

Avec des encouragements, la pharmacienne nous donne son plus petit modèle, mais elle garde l'aiguille dont on n'a pas besoin.
On repart en courant.

De retour à la maison, Lola s'assoit sur le canapé avec la boîte sur ses genoux.
Je pose la seringue remplie du mélange œuf-eau sur le bec de l'oiseau.
Mais la moinelle reste immobile, et son bec est fermé.
Quelques gouttes roulent sur son plumage.
Lola attend sans respirer.
Enfin l'oiseau sursaute et entrouvre son bec.
– Il a compris ! murmure Lola.
Maintenant, l'oiseau tend son col et ouvre un bec immense. On voit sa petite langue pointue.
– Super, il a très faim ! s'excite Lola.
Je vide au compte-gouttes la seringue, puis je m'arrête parce que son estomac est minuscule. C'est l'homme du téléphone qui nous l'a expliqué : il ne faut pas que l'oiseau mange trop.
J'ai à peine reposé la seringue, que la boîte tressaille, l'oiseau s'envole !
Lola pousse un cri de surprise.
L'oiseau part de travers, son aile gauche bat très mal. Dans un bruit sourd, il s'assomme au pied de la table et tombe par terre, inanimé !

Lola reste pétrifiée.
Maman et moi, on se précipite.
– Apporte-moi la boîte, Lola, et refais bien son nid, lui dis-je.
Lola secoue le chiffon en pleurant, puis de ses mains tremblantes, elle le remet dans la boîte et y forme un petit creux.
On recouche la moinelle, et on referme le couvercle.
– Il faut qu'elle dorme, dit Maman.
C'est la meilleure façon pour retrouver des forces. Et toi aussi, Lola.

– Bonne nuit poisson, chuchote Lola
en se glissant dans son lit. Bonne nuit
aussi petit moineau.
Et Lola lui prête sa chanson :

Petit moineau dans ton bateau,
Ta maison vogue sur les flots.

Je me réveille en sursaut au beau milieu
de la nuit parce que Lola me secoue.
– Lève-toi, crie-t-elle, c'est l'oiseau !
Et elle me tire dans sa chambre.
Dans sa boîte, la tête de la moinelle tombe
un peu, et elle a les yeux mi-clos.
Je la prends dans mes mains. Elle respire
à peine. Elle est plus froide que la veille.
– Enlève le chiffon, Lola, et mets un lainage
à la place.
Lola prend un gilet dans son armoire,
et l'installe au fond de la boîte.
J'y emmitoufle l'oiseau.
– On ne peut rien faire de plus, Lola.
Il faut attendre demain.
Lola se recouche dans son lit, et je me couche
auprès d'elle. Je sais à cet instant que l'oiseau
va mourir.

Le lendemain, dans la boîte, l'oiseau ne respire
plus. Sa tête est couchée sur son aile.

Lola ne comprend pas, je la prends
dans mes bras. Maman arrive à son tour.
– Tu sais, lui dit-elle, on ne peut pas retenir
quelqu'un qui a décidé de partir. Ton oiseau
ne voulait plus faire d'effort. Il ne voulait
plus voler avec son aile cassée, alors il a
choisi le chemin du grand sommeil.
Et s'il est parti pendant que tu dormais,
c'est pour ne pas que tu le retiennes.
Lola est au bord des larmes.
– Mais Maman, Papa me l'avait confié.
– Oui ma chérie, et tu l'as nourri, tu lui as
offert de l'attention. Il est parti accompagné.
La bouche de Lola tremble, mais elle ravale
ses larmes.
– Tu es sûre ? demande-t-elle à Maman.
– Sûre, répond Maman. Et maintenant,
ton oiseau est invisible. Il n'a plus mal,
il est heureux.
Je dis :
– Oui, il est heureux, et peut-être même
qu'il est posé sur ton épaule…
– Oui, ajoute Maman. Il attend que
tu enterres son corps et que tu lui chantes
une chanson. Il a besoin de ton adieu
pour partir le cœur léger.

À cet instant, on sonne à la porte.
– C'est Papa ! crie Lola en courant dans
le couloir.
Quand il apprend que l'oiseau est mort,
Papa raconte que dans le jardin de la maison
de vacances de Mamili et de Pépé,
il y a un cimetière pour moineaux.
– C'est vrai ? demande Lola.
– Oui, répond Papa. D'ailleurs, on va mettre
l'oiseau dans une boîte plus petite,
et si Mamili et Pépé sont d'accord,
on va passer prendre les clés,
et on va y aller.

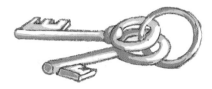

– Oui ! crie Lola en se jetant sur ses souliers.
– Attend ! lui dit Papa. C'est loin, alors si
on part, c'est tous les quatre et pour tout
le week-end.

Lola court dans sa chambre pendant
que Papa téléphone à ses parents.
Lola revient :
– Papa, est-ce qu'on peut prendre mon poisson ?
– Oui, on part tous, répond Papa.

La voiture démarre ; Lola parle à tue-tête.
J'adore cette maison, on y passe tous
nos étés avec Pépé et Mamili. Par contre,
on ne l'a jamais visitée en hiver,
et on ne l'a jamais habitée sans eux.
– Regarde, poisson ! crie Lola alors
qu'on arrive à la mer et qu'on s'arrête devant
la maison blanche balayée par les vents.
Maman sort la clé, et Papa nous emmène
vers un arbre solitaire qui se tient dans
le fond du jardin. Il est comme un gardien.

Sur son tronc, vers le bas, Papa nous montre
une vieille marque : c'est un petit cœur gravé.
– Tu vois, Lola, les moineaux de mon
enfance sont là.
Lola trouve l'endroit parfait !
Elle court prendre une cuillère dans
la cuisine de Mamili, et elle creuse un trou
pour sa moinelle.
Pendant ce temps, je sors mon couteau,
et je grave dans le bois de l'arbre le petit cœur
de Lola.

Quand c'est fini, Lola appelle tout le monde :
– Prenons-nous par la main, dit-elle.
Puis annonçant *Chanson d'adieu pour mon
oiseau*, elle se met à chanter :

*Petit oiseau de moi de moi,
Ma maison est tout près de toi.*

Après le dîner, c'est l'heure d'aller se coucher,
mais Lola veut transporter son poisson au
bord de l'eau, pour qu'il entende le chant
des flots.
Il est trop tard, Maman n'est pas d'accord.
J'entraîne Lola. Je lui promets qu'on ira
tous les deux demain matin et qu'en plus,
on sortira par la fenêtre, sans faire de bruit.

Le marchand de sable

Dominique Dupriez, illustrations de Myriam Mollier

Ce soir, Valentine n'arrive pas à dormir.
Elle souffle et soupire, mais le sommeil
ne vient pas. Alors Valentine allume sa lampe
de chevet, elle s'assoit sur son oreiller,
et se met à pleurer. Oh ! pas très fort,
mais juste assez pour que le marchand
de sable l'entende et vienne s'installer
sans faire de bruit, là, sur le bord de son lit.
– Je n'arrive pas à dormir, lui dit Valentine.
Puis elle raconte que son lit est trop petit,
qu'elle en voudrait un très grand, comme
celui de Papa et Maman.

– Trop petit ! murmure le marchand.
Alors il jette une poignée de sable sur le lit
de Valentine… Et le lit devient immense.
« C'est un lit de géant », se dit Valentine.
À quatre pattes, elle cherche une place sous
la couette, sur le bord, au milieu,
et même tout au fond du lit.
Elle tourne et se retourne, elle transpire
et se lamente :
– Ce lit est trop grand et j'ai trop chaud
maintenant.
– Trop chaud ! murmure le marchand.
Alors il répand quelques grains de sable
sur le front de Valentine… Soudain,
plus de couette ni d'oreiller. Les murs
et le plafond de la chambre ont disparu.
Le lit flotte dans la nuit comme un tapis
volant. Valentine respire maintenant l'air
frais, mais elle trouve qu'il fait trop noir.
Assise au milieu de son lit,
elle n'ose pas bouger.

– J'ai peur, gémit Valentine, et j'ai besoin de lumière pour m'endormir !
– De la lumière ! murmure le marchand. Alors il dépose quelques grains de sable sur les paupières de Valentine... Lorsqu'elle ouvre les yeux, c'est un véritable feu d'artifice autour du lit de Valentine. Des lumières jaillissent de partout. Des jaunes, des rouges, des vertes et même des bleues. Quel spectacle !
Valentine pousse des « oh ! » et des « ah ! », et finit par avoir un petit creux à l'estomac.
– J'ai faim ! s'exclame-t-elle.
– Faim ! murmure le marchand.
Alors il met quelques grains de sable sur la bouche de Valentine... Aussitôt, le lit de Valentine est envahi de bonbons, de gâteaux à la crème, de glaces au chocolat et de biscuits à la fraise. Valentine mange de tout, et surtout beaucoup trop.
Elle mange tellement qu'elle en devient malade.

Le marchand glisse donc un petit tas de sable sur le ventre de Valentine... Mais Valentine proteste :
– Non, c'est mon lit que je veux. J'y serai bien mieux.
Alors le marchand souffle un grand coup sur le petit tas de sable. Le sable s'envole et emporte avec lui le mal de ventre de Valentine. En un instant, Valentine retrouve son lit. Il n'est ni trop grand ni trop chaud. Dans sa chambre, il fait noir juste comme il faut. À la place du marchand de sable, la maman de Valentine est assise sur le bord du lit. Elle raconte une histoire. Lorsqu'elle a terminé, Valentine dit :
– Maman, tu sais, le marchand de sable est passé.
– Alors bonne nuit, répond sa maman en l'embrassant.
Et Valentine s'endort doucement.

La plus mignonne des petites souris

Raconté et illustré par Étienne Morel

– C'est le plus puissant personnage
du monde. C'est lui qui chauffe la terre
et mûrit les grains de blé. Et les grains de blé
sont si bons !
Monsieur Rongetout fait ses préparatifs
de départ.
Il veut aller voir le soleil pour lui demander
d'épouser sa fille, la plus mignonne
des petites souris.
Voyez la belle redingote.

Voici la maison de la famille Rongetout.
Voici la fille de Monsieur et Madame
Rongetout : la plus mignonne
des petites souris.
Elle sait danser.
Elle sait tricoter.
Elle sait faire des gâteaux.
Elle sait jouer du piano
– Il est temps de la marier,
dit Madame Rongetout.
– Il est temps de la marier, dit Monsieur
Rongetout. Mais elle n'épousera que le plus
puissant personnage du monde, car c'est
la plus mignonne des petites souris.
Et personne d'autre n'est digne d'elle.

Monsieur Rongetout décide de marier sa fille
avec le soleil.

Il s'installe d'abord dans un train.
Mais les trains ne peuvent pas aller
jusqu'au soleil, n'est-ce pas ?
Alors il choisit un hélicoptère
« Voilà tout à fait ce qu'il me faut »,
pense Monsieur Rongetout.
Et Monsieur Rongetout monte, monte,
monte… et il arrive au palais du soleil.

C'est la plus mignonne des petites souris :
vous seul êtes digne d'elle puisque vous êtes
plus puissant que le soleil qui est le plus
puissant personnage du monde.
C'est lui-même qui vient de me le dire.
– Hélas ! le soleil s'est trompé, répond
le nuage. Le vent qui souffle est plus puissant
que moi, puisque je ne peux pas l'empêcher
de m'emmener où il veut.
– Alors, vous n'êtes pas celui qu'il faut
à ma fille, dit Monsieur Rongetout.
Je vais aller voir ce vent...

Et voici, sur une colline, le moulin du vent.
Quand ce moulin-là tourne ses ailes,
quel courant d'air !

Le soleil vient de se lever ; il reçoit Monsieur
Rongetout en robe de chambre.
– Voulez-vous épouser ma fille ? demande
Monsieur Rongetout. C'est la plus mignonne
des petites souris : vous seul êtes digne
d'elle puisque vous êtes le plus puissant
personnage du monde.
– Tu te trompes, dit le soleil. Ce nuage
qui passe là est plus puissant que moi,
puisque je ne peux pas l'empêcher
de me cacher la terre.
– Alors vous n'êtes pas celui qu'il faut
à ma fille, dit Monsieur Rongetout.

Et il descend, descend, descend.
– Voulez-vous épouser ma fille ? demande
Monsieur Rongetout au nuage.

– Voulez-vous épouser ma fille ? demande
Monsieur Rongetout. C'est la plus mignonne
des petites souris : vous seul êtes digne d'elle
puisque vous êtes plus puissant que le nuage
qui est plus puissant que le soleil qui est
le plus puissant personnage du monde.
C'est le nuage lui-même qui vient
de me le dire.
– Hélas ! le nuage s'est trompé, répond
le vent. Cette vieille tour que tu vois là-bas
est plus puissante que moi puisque,
depuis des années, je souffle dessus
sans avoir pu l'abattre.

– Alors vous n'êtes pas celui qu'il faut
à ma fille, dit Monsieur Rongetout.
Je vais aller voir cette tour…
Monsieur Rongetout est bien fatigué.
Il va tout de même trouver la vieille tour.
– Voulez-vous épouser ma fille ? demande
Monsieur Rongetout. C'est la plus mignonne
des petites souris : vous seule êtes digne
d'elle puisque vous êtes plus puissante que
le vent, qui est plus puissant que le nuage,
qui est plus puissant que le soleil, qui est
le personnage le plus puissant du monde.
C'est le vent lui-même qui vient
de me le dire.
– Hélas ! le vent s'est trompé, répond la tour.
Le souriceau qui ronge ma plus grosse poutre
est plus puissant que moi puisque, quand
il aura fini de ronger, je m'effondrerai
sûrement.

Alors Monsieur Rongetout va trouver
le souriceau.
– Voulez-vous épouser ma fille ? demande
Monsieur Rongetout. C'est la plus mignonne
des petites souris.

– Je connais depuis longtemps votre fille,
répond le souriceau, c'est bien la plus
mignonne des petites souris,
et je serai très heureux de l'épouser.

Ainsi la plus mignonne des petites souris
épousa le souriceau, et ils sont bien contents
tous les deux.
Et toutes les souris de la noce s'amusent
beaucoup en se racontant les aventures
de Monsieur Rongetout.

Et Monsieur Rongetout est très satisfait
puisque sa fille épouse...
celui qui est plus puissant que la tour,
qui est plus puissante que le vent,
qui est plus puissant que le nuage,
qui est plus puissant que le soleil.

La petite fille qui voulait voir le désert

Raconté par Annie Langlois d'après un conte d'Australie, illustrations de Madeleine Brunelet

Tinnkiri était une petite fille pleine de vie, qui habitait dans un village du désert australien. Chaque jour, elle voyait le soleil apparaître derrière la colline et elle demandait à sa mère :
– Maman, qu'y a-t-il derrière cette colline ?

Et chaque jour sa mère lui répondait :
– Derrière la colline, il y a le Grand Désert, un endroit qui n'est pas fait pour les petites filles. Seuls les adultes peuvent s'y aventurer car c'est un monde dangereux pour qui ne connaît pas ses secrets. Un jour, tu pourras toi aussi aller au-delà de la colline. Mais avant, il te faut grandir et écouter les Anciens : ils ont beaucoup de choses à t'apprendre.
Mais Tinnkiri n'écoutait jamais personne. Elle préférait jouer avec ses amies et n'en faire qu'à sa tête.

Un jour elle s'aventura en dehors du village, mais sa mère la rattrapa et la ramena fermement par le bras en lui disant :

– Ne t'éloigne jamais plus, c'est beaucoup trop dangereux. Je vais te dire ce qu'il y a derrière la colline : il y a Pangkalangou, l'ogre à la peau de lézard, qui dévore les enfants perdus.

Malgré les avertissements de sa mère, Tinnkiri voulait à tout prix aller derrière la colline. Elle proposa à ses amies Yelpi et Mima de tenter l'aventure avec elle. Les deux fillettes se montrèrent peu enthousiastes à son idée.

– Nous sommes encore trop jeunes, dit la sage Yelpi, nous ne saurons pas nous débrouiller seules dans le désert. Et puis il y a Pangkalangou.

– C'est vrai, poursuivit Mima. Il a déjà enlevé des enfants et les a mangés tout cru.

– Vous n'êtes que deux froussardes ! se moqua Tinnkiri. L'ogre à la peau de lézard ? Ce n'est qu'une histoire pour faire peur aux enfants ! Puisque c'est comme ça, j'irai toute seule !

L'occasion se présenta quelques jours plus tard.

Toutes les femmes du village étaient parties ramasser des oignons sauvages et les hommes étaient occupés à dresser des chevaux. Tinnkiri en profita pour se mettre en marche.

– Où vas-tu de si bon matin ? lui demanda le vieux Tjilpi, qui était assis sous un arbre.

– À la crique ! mentit Tinnkiri.

– Ne va pas plus loin ! lui cria le vieil homme.

Tinnkiri avait maintenant dépassé la crique et se trouvait face à la colline. Une énorme joie envahit son cœur :

« Ça y est, se dit-elle fièrement. Dans quelques minutes, je serai en haut de cette colline, et je verrai enfin ce qu'il y a derrière. » Et elle s'élança, légère, à l'assaut du mont.

Une volée d'oiseaux du désert salua son arrivée au sommet. Et ce qu'elle découvrit alors l'émerveilla : un horizon sans fin où se détachaient, ici ou là, la silhouette d'un arbre ou un tapis de fleurs rouges. Elle s'assit et regarda longtemps ce paysage extraordinaire.

Le silence fut soudain interrompu par un bruit étrange qui venait du ventre de Tinnkiri. Elle sourit :
« J'ai faim et je n'ai pas pensé à emporter de la nourriture. Mais ce n'est pas grave ! En descendant de l'autre côté, je trouverai bien de quoi manger ! »

Elle dévala la pente et, arrivée dans le Bush, elle se mit à la recherche de bananes et de tomates sauvages. Mais de ce côté de la colline, aucun arbre fruitier ne poussait.

Le soleil était maintenant à son zénith. Tinnkiri, exténuée par la faim et la soif, décida de se reposer à l'ombre d'un acacia.
– Bonjour petite fille, lui dit un oiseau perché sur une branche. Que fais-tu ici ?
– Je suis Tinnkiri et je suis venue découvrir ce qu'il y a derrière la colline.
Et toi, qui es-tu ?
– Je suis Nyii-Nyii, le pinson zébré, et j'habite dans cet arbre.
– Nyii-Nyii, sais-tu où je pourrais trouver à boire et à manger ?
– Mais ici même ! J'ai souvent vu les femmes de ton village écraser les graines de mon arbre pour obtenir de la farine avec laquelle elles faisaient des galettes.
– Hélas ! soupira Tinnkiri. Je ne sais pas faire cela. Je n'ai pas encore appris.

Le soleil déclinait à l'horizon quand Tinnkiri
se remit à marcher.
Soudain, quelque chose bougea sous
ses pieds. Un gros lézard venait de slalomer
entre ses jambes. Elle courut après lui
et plongea pour l'attraper. Mais le lézard,
plus rapide, disparut dans son trou.

« Zut ! pesta Tinnkiri. Comme j'aurais aimé
faire rôtir ce gros lézard ! Papa, lui, aurait su
comment l'attraper et Maman aurait su où
trouver de l'eau. Mais moi, je ne sais rien ! »
En pensant à ses parents, la petite fille
s'effondra en larmes.
Puis elle se releva et dit tout haut pour
se donner du courage :
– Je vais retourner au village et m'appliquer
à apprendre toutes ces choses.

Tinnkiri se mit en route, mais très vite elle
dut se rendre à l'évidence : elle était bel et
bien perdue, et la nuit commençait à tomber.
Elle se réfugia sous un arbre et elle essaya
de faire un feu en frottant un morceau
de bois sur une écorce d'acacia,
mais n'y réussit pas.

« Je l'ai vu faire tant de fois, se dit-elle.
Pourquoi je n'y arrive pas ? »
Alors elle comprit qu'elle allait passer la nuit
sans lumière ni chaleur.

Un cri soudain déchira la nuit.
« Riri ! Riri ! Riri ! » semblait dire le vent.
– Quelqu'un m'appelle ! J'y vais, s'exclama
Tinnkiri, reprenant espoir.
Des lumières apparurent à l'horizon.
Mais alors, les paroles de Mima lui revinrent
à l'esprit :
« La ruse favorite de l'ogre Pangkalangou
est de faire de grands feux, pour attirer
les enfants. »

Terrorisée, Tinnkiri n'osa plus bouger.
Elle se blottit contre l'arbre, et tenta de rester
éveillée pour ne pas être emportée par l'ogre.
Mais au petit matin, épuisée, elle finit
par s'endormir.

Dans son sommeil, Tinnkiri entendit
une voix qui disait :
– Elle est ici ! Venez-vite !
On aurait dit celle de son père. Elle ouvrit
doucement les yeux. Sa mère était penchée
vers elle.
– Maman ! Maman ! C'est vraiment toi ?
Comment m'avez-vous retrouvée ?
– Tjilpi t'avait vu aller vers la crique
et de là, ton père a suivi tes traces.
Nous avons allumé de grands feux
dans l'espoir qu'ils te guident vers nous.
Nous avons crié ton nom dans le vent,
mais tu n'as pas répondu.

Tinnkiri se blottit contre sa mère
tendrement.
– Tu as froid, constata celle-ci. Je vais
faire du feu pour te réchauffer.
– Et tu dois avoir faim, ajouta son père.
Je vais chercher quelque chose à manger.

Assise entre ses parents, Tinnkiri promit
de ne plus jamais aller seule au-delà
de la colline. Elle attendrait d'avoir appris
tout ce que les Anciens et ses parents
avaient à lui enseigner.

J'ai un énorme bobo

Geneviève Noël, illustrations d'Hervé Le Goff

Aujourd'hui, Mélanie pédale à toute vitesse
sur son tricycle neuf.
Au milieu du jardin, elle bute contre
son ballon rouge, et se retrouve par terre.
– Méchant ballon, c'est de ta faute ! grogne
Mélanie en frottant le minuscule bobo
qui orne son genou.
Et zou ! elle lance son ballon en l'air.
Le ballon monte haut, très haut dans le ciel.
Tout près de là, Papa Souris coupe des fleurs
avec un gros sécateur.
Le ballon redescend, redescend...
... et BING ! tombe sur la tête de Papa Souris.

Il grogne :
– KESKECE ?
Alors Mélanie s'accroche au bras de son papa :
– Papounet, j'ai mal au genou !
Papa Souris est très en colère.
Ses yeux lancent des éclairs.
Il n'écoute pas Mélanie, et crie :
– Si j'attrape le petit monstre qui a lancé
ce ballon, je vais lui tirer les oreilles.
Mélanie devient rouge comme une tomate.
Elle proteste :
– C'est même pas vrai ! J'suis pas un
monstre.

Et elle rentre chez elle en boitillant.
En passant devant le salon,
elle voit sa maman lever les bras :
« Une deux, une deux », en respirant
très fort.
Mélanie hésite, puis elle se dit :
« Je vais soigner mon énorme bobo toute
seule. Et quand Papa et Maman verront
mes pansements, ils diront : " On s'est pas
bien occupé de notre Mélanie chérie ". »

Vite, Mélanie court s'enfermer dans la salle
de bains.
Mais ZUT alors ! les pansements sont rangés
là-haut, sur l'étagère… et Mélanie est toute
petite, minuscule.
Alors Mélanie grimpe sur une chaise,
elle se met sur la pointe des pattes,
et réussit à attraper la boîte de pansements.
La petite souris colle un pansement sur son
genou, et puis un deuxième, et un troisième
aussi. Comme ça, l'énorme bobo s'en ira
à toute vitesse !

En se regardant dans la glace, Mélanie
découvre un minuscule bouton au bout de
son nez. Alors elle met un gros pansement
dessus.

Puis hop ! elle sort une bande d'un tiroir,
et l'enroule sur sa tête pour avoir l'air très
malade.
Très fière, elle se dit :
– Je sais faire les pansements comme
une grande.

À cet instant, Papa Souris entre dans la salle
de bains en disant :
– OUILLE ! J'ai une épine dans le doigt !
Puis il bafouille en voyant Mélanie :
– Ma sou… souricette en sucre roux
s'est fait mal !
Aussitôt, Mélanie saute dans les bras
de son papa :
– T'inquiète pas Papounet ! Je suis
un vrai docteur, et j'ai soigné toute seule
mon énorme bobo. Alors je vais mettre
un pansement sur ton doigt,
et ton bobo s'en ira au galop !

Marlaguette
Marie Colmont, illustrations de Gérard Franquin

Elle s'appelait Marie-Olga, mais on disait
Marlaguette pour faire plus court
et aussi plus gentil.
Un jour qu'elle était allée cueillir
des champignons dans les bois, une grosse
bête sauta sur elle et l'emporta pour la manger.
Une grosse bête grise, avec des oreilles
pointues, une gueule rouge : bref, un loup.
Elle se débattait, Marlaguette, dans la gueule
du loup, et le loup qui courait toujours
en était tout gêné. Si bien qu'en arrivant
à sa caverne, il se cogna le front à la roche
qui en faisait le toit.
– Hou là ! hou ! cria-t-il en tombant de côté.
Marlaguette tomba aussi, mais elle se releva
vite.
– Bien fait ! Bien fait ! cria-t-elle en faisant
la nique au loup.
Mais le loup ne bougeait plus. Il avait l'air
bien malade, avec une grosse bosse au front,

une écorchure et un petit peu de sang qui en
coulait. Maintenant, Marlaguette le regardait
et sa colère tombait.
– Pauvre petit loup ! dit-elle. Il est bien
blessé.

Alors elle tira son mouchoir, alla le tremper
dans la source qui chantait tout près
et fit un beau pansement sur la tête du loup.
Puis elle ramassa des feuilles et des mousses,
et sur ce petit matelas doux roula le grand
corps. Même elle planta une large feuille de
fougère tout auprès pour lui servir de parasol.
Comme elle faisait cela, le loup revint à lui.
Il entrouvrit un œil, puis le referma.
Il se garda bien de bouger, d'abord parce
qu'il avait grand mal à la tête, et puis parce
que c'était tout nouveau pour lui d'être
dorloté, et, ma foi, pas désagréable.
Marlaguette s'en alla sur la pointe des pieds
et courut chez elle ; elle n'habitait pas loin
de là dans une cabane à la lisière des bois.
Elle fit un grand pot de tisane et revint
le porter au loup, avec une petite tasse pour
le faire boire. Ce ne fut pas commode.
Les grandes dents du loup cognaient contre
la tasse, et sa grande langue laissait échapper
la moitié du liquide.
Pour tout dire aussi, il n'aimait pas la tisane.
Lui qui se régalait de viande crue,
avec du bon jus saignant qui ruisselle
le long des babines, cette camomille
l'écœurait.

« *Bouh !* que c'est fade ! » geignait-il
en lui-même.
Mais Marlaguette disait :
– Allons, bois, vilain loup, d'une voix si douce
qu'il n'y avait qu'à obéir.
Elle le soigna comme ça pendant huit jours.
Puis elle l'emmena faire une petite promenade,
en marchant tout doucement pour ne pas
le fatiguer.
– Cra ! Cra ! cria le Geai en sautillant devant
eux. Il te croquera, Marlaguette.

– Ah ! tu crois ça ? dit le loup. Attrape !
Et il se lança en avant pour croquer le Geai,
mais il était tout faible encore
et manqua son coup.

Le deuxième jour, comme il se promenait,
bien sage à côté de la petite fille, le Geai
revint :
– Cra ! Cra ! Marlaguette, il te croquera !
– Menteur ! cria le loup.
Et pour le punir il se lança en avant
et cette fois il croqua le Geai.

Qui fût bien furieuse ? Marlaguette.
Elle donna au loup une sérieuse fessée
et ne lui parla plus de toute la promenade,
et quand ce fut l'heure de rentrer chez elle,
elle ne lui serra pas la patte.
– Je ne le ferai plus, dit le loup en reniflant,
le cœur gros.
Il avait l'air si repentant qu'elle lui pardonna.

De fait, à partir de ce jour, il ne mangea plus
une seule bête vivante.
Dans la forêt, cela se sut vite.
Les oiseaux ne s'envolèrent plus quand
il passait sur les chemins ; et les petites
souris vinrent caracoler jusque sous son nez.
Il en avait l'eau à la bouche, mais il trottait
sagement à côté de Marlaguette,
les yeux fixés sur son doux petit visage,
pour échapper à la tentation.
Mais alors, qu'est ce qu'il mangeait ?
Des framboises, des myrtilles,
des champignons, des herbes,
du pain que lui portait Marlaguette...
Hélas ! à ce régime, il s'anémia.

Un loup n'est pas végétarien ; il faut
qu'il mange de la viande, son estomac est fait
pour ça. Ce fut un vieux bûcheron qui le dit
à Marlaguette :
– Il est en train de mourir, ton ami le loup…

Marlaguette pleura beaucoup,
et puis elle réfléchit toute une nuit,
et puis au matin elle dit au loup :
– Je te délie de ta promesse. Va vivre au fond
des bois comme vivent tous les loups.

Alors la grande bête grise s'en fut sur
ses pattes maigres et elle croqua un merle,
et un lapereau, et trois musaraignes
qui prenaient le frais au bord de leur trou.

En peu de temps, le loup redevint fort
et beau. Mais il ne tuait maintenant
que lorsqu'il avait faim et jamais plus
il ne mangea de petit enfant.
Parfois, de loin, entre les branches,
il voyait passer la robe claire
de Marlaguette et cela lui faisait
à la fois plaisir et tristesse.

Et Marlaguette regardait souvent vers
le fond des bois, avec son doux sourire,
songeant à cette grande bête de loup qui,
pour l'amour d'elle, avait accepté pendant
des jours de mourir de faim…

Macha et l'ours

Raconté par Robert Giraud d'après la tradition russe,
illustrations d'Anne Buguet

La petite Macha habitait chez ses grands-parents
au village. Un jour, elle leur demanda
la permission de partir avec ses amies
dans la forêt, pour cueillir des baies.
Ses grands-parents lui dirent :
– Tu peux y aller, mais ne perds pas de vue
tes compagnes. Sinon tu pourrais t'égarer
et ne plus retrouver le chemin de la maison.

Macha, toute joyeuse, partit avec ses amies
en gambadant. Elles se promenèrent
longtemps, remplissant leurs paniers
de framboises, de groseilles, de myrtilles
et d'autres baies.

Mais Macha, allant d'un buisson à l'autre,
perdit de vue les autres fillettes et oublia
complètement la recommandation
de ses grands-parents.
Elle s'aperçut soudain qu'elle était toute seule.
Elle se mit à la recherche de ses amies,
mais en vain.

À force de tourner au hasard dans la forêt, elle finit par apercevoir une maisonnette isolée en plein bois.

Macha s'approcha et frappa à la porte, mais personne ne lui répondit. Poussant la porte qui n'était pas fermée à clé, elle pénétra dans une pièce propre, bien aménagée et décorée.

Intriguée, la petite fille s'assit sur un banc, se demandant qui pouvait bien demeurer dans cette maison.

Vers le soir, un pas lourd se fit entendre sur le perron et un énorme ours entra dans le logis.

– Tiens, rugit-il en apercevant Macha, une petite fille ! Voilà qui m'arrange bien. Tu resteras vivre ici. Tu feras mon ménage, tu me prépareras mes repas et tu me les serviras. Et si tu essaies de t'enfuir, je te rattraperai et je te mangerai.

Macha resta donc chez l'ours qui n'était pas si méchant qu'il en avait l'air. Ainsi plusieurs jours passèrent. Macha trouvait le temps long après les siens et réfléchissait au moyen de s'en aller. L'ours la laissait souvent seule à la maison pour partir courir les bois, mais elle était incapable, sans aide, de retrouver le chemin de son village.

Un jour, une idée vint à Macha.
Quand l'ours rentra de son tour en forêt,
elle lui annonça :
– J'aimerais bien porter des beignets
à mes grands-parents au village. Laisse-moi
aller chez eux juste pour un après-midi.
Je te promets de revenir pour le soir.
– Je ne peux pas te laisser partir toute seule,
gronda l'ours. Tu te perdrais dans la forêt
et je ne te reverrais plus. C'est moi qui leur
porterai les beignets.

Macha s'attendait à cette réponse.
Elle dit à l'ours :
– Fort bien. Tu leur feras un grand plaisir, et
à moi aussi. Je te remercie de ta gentillesse.
Le lendemain, une fois l'ours parti pour
sa promenade habituelle, Macha se mit
à pétrir de la pâte et fit cuire une plaque
entière de beignets aux myrtilles.
Puis elle fouilla dans le grenier, y trouva
un grand coffre d'osier, l'amena dans
la grande salle et y fixa une corde.

Quand l'ours revint, elle lui dit :
– Voilà des beignets que j'ai préparés
pour mes grands-parents. Je les rangerai
dans le grand coffre que voici et tu le hisseras
sur ton dos. La maison de mes grands-parents
est la première du village : tu la trouveras
facilement.
Et elle ajouta :
– Seulement, attention ! Les beignets sont
pour mes grands-parents, pas pour toi !
Je grimperai sur un grand chêne et je te
surveillerai. Si tu essaies d'ouvrir le coffre,
je te verrai. Et maintenant, sors sur le perron
voir s'il ne pleut pas, autrement les beignets
pourraient s'abîmer.

L'ours à peine sorti, Macha bondit
dans le coffre, plaça le plat de beignets
sur sa tête et rabattit le couvercle sur elle.
L'ours rentra dans la pièce, saisit le coffre
par la corde et le jucha sur son dos.
Il était si fort qu'il ne sentit même pas
le poids de la fillette.

Mais l'ours était très gourmand,
et il avait très envie de goûter aux beignets.
Quand il s'estima assez loin de sa maison,
il chantonna, tout réjoui :
Pourquoi ne pas me régaler
Avec un beignet bien doré ?
Sous cet arbre je vais poser
Le gros coffre en osier tressé.
Il se pourléchait déjà les babines,
quand il entendit soudain,
venant de derrière lui, une petite voix :
– Ours, ne me désobéis pas.
Mes beignets point ne mangeras.

« Flûte, se dit l'ours. Elle a vraiment de bons
yeux, cette fille ! Elle arrive encore à me
surveiller de si loin ! Tant pis, je ne toucherai
pas à ces beignets. Je lui demanderai de m'en
préparer d'autres demain. »
Et l'ours se remit en route.

L'ours arriva au village, trouva facilement
la maison des grands-parents et entra
dans la cour. Il frappa de toutes ses forces
à la porte et, aussitôt, trois gros chiens
surgirent de derrière la remise
et se jetèrent sur lui.

« Je ne vais quand même pas risquer
de me faire mordre pour le caprice d'une
gamine ! se dit l'ours. Je vais laisser le coffre
au milieu de la cour, les grands-parents
se débrouilleront avec ! »

L'ours se débarrassa de son fardeau,
repoussa de quelques coups de pattes
les chiens qui aboyaient furieusement
et ressortit dans la rue.
Dans toutes les cours du village les chiens
s'égosillaient. L'ours repartit à toutes jambes
vers la forêt sans demander son reste.

Alertés par le tintamarre, les grands-parents
de Macha sortirent dans la cour.
Ils virent un grand coffre qui s'ouvrait.
Un plat rempli de beignets apparut,
s'éleva, et de dessous le plat surgit
leur petite-fille, un sourire malicieux
aux lèvres.

Grande fut leur joie à tous les trois
de se retrouver. Attablés autour du plat
de beignets, le grand-père et la grand-mère
firent compliment à Macha de son astuce.
Et Macha riait toute fière.

Je ne trouve pas le sommeil

Christine Féret-Fleury, illustrations de Mayalen Goust

Ce matin, pendant le petit déjeuner,
Maman a dit à Papa :
– Je suis fatiguée. Cette nuit, je n'ai pas pu
trouver le sommeil.

Pauvre Maman, elle avait dû courir dans
toute la maison, et peut-être dans le jardin,
au bord de la rivière, dans les ruines du vieux
château, sur la pelouse du stade, et le parking
du supermarché, alors que le sommeil était
avec moi, bien au chaud, dans mon lit.
« Ce soir, ai-je pensé, je prendrai le sommeil
et je le porterai dans la chambre de Maman. »

La nuit est venue avec toutes ses étoiles
et le grand gâteau de lune bien accroché dans
le ciel, mais le sommeil, lui, n'est pas venu.
Je l'ai attendu longtemps. J'ai mis mes habits
de pirate pour voyager avec lui jusqu'au
matin, et puis mon déguisement de fée pour
qu'il n'ait pas peur d'entrer. Mais à la fin,
comme il ne venait toujours pas, j'ai décidé
d'aller le chercher.

Il n'était pas dans le salon. Seul le chat rêvait
devant le feu.

Il n'était pas dans la cuisine. Mais quand
j'ai voulu emmener Poum le chien avec moi,
pour suivre la piste du sommeil,
il n'a pas bougé, même une oreille.

Il n'était pas dans la buanderie. Mais
une famille de souris avait trouvé le fromage
que Maman gardait pour demain.

Il n'était pas dans la salle de bains.
Et Mireille la tortue ne l'avait pas vu passer.

Il n'était même pas dans le grenier où j'avais
très peur d'entrer. Heureusement Antinéa
l'araignée gardait la porte, personne n'aurait
pu se faufiler.

Je l'ai cherché partout : dans mon coffre
à jouets... et le placard de ma chambre...
sous l'escalier... et dans la cheminée.

J'allais mettre mes bottes et ma veste
pour sortir dans le jardin quand j'ai senti
que le sommeil venait de se poser,
très doucement, sur mes paupières.
Alors j'ai mis mes deux mains sur lui
pour ne pas le laisser s'échapper,
et je l'ai emporté tout doucement
dans la chambre de Maman.
Ce n'était pas facile dans le noir !

Arrivés près du grand lit, le sommeil
et moi étions si fatigués que nous sommes
restés là jusqu'au matin.

La petite dernière

Marine Gérald, illustrations de Joëlle Passeron

Aïe, aïe, aïe, rien ne va plus chez les Lapinot.
Mélanie, le bébé, le p'tit bout, le chouchou,
en a assez d'être la dernière ! Elle ne veut
plus être la petite de rien du tout,
celle qu'on n'écoute jamais.
Petit à petit, Mélanie raconte son souci
à toute la famille réunie : à chaque fois,
c'est la même chose, elle n'est jamais
la première. Quand Mélanie rentre à la
maison, avec une nouvelle extraordinaire :
comme lorsque la famille Jeannot
a déménagé, de l'autre côté de la forêt,
quelle déception ! Basile, son grand frère,
et Léa, sa grande sœur, le savaient déjà
depuis au moins trois mois.
Et Maman n'a pas le temps, le travail
des grands est bien plus important !

Alors, pour qu'on l'écoute à la maison,
Mélanie est parfois obligée d'inventer
des histoires abracadabrantes, des histoires
de loups auxquels elle a tordu le cou,
ou de renards qu'elle a assommés rien
qu'avec un coup de pied.
Mais même pour ses petits mensonges,
Mélanie reste la dernière ! Basile et Léa
sont toujours là pour gâcher son moment
de gloire :
– On la connaît par cœur ton histoire !
– On la racontait déjà quand tu n'étais
même pas née !

Même quand Mélanie a appris à lire
et à faire du vélo, ça n'avait rien de nouveau.
Basile et Léa, eux, le savaient déjà.
Et Papa n'était même pas impressionné.
Il était sûr que Mélanie y arriverait.
Pourtant, Mélanie vient d'avoir six ans.
Et six ans, c'est bien plus grand que cinq ans !
Mais même quand elle grandit,
Mélanie est toujours la dernière.
Elle reste toujours la plus petite de la famille,
celle qu'on asticote, celle qu'on fait bisquer.
Sa colère déborde de tous les côtés :
Mélanie n'arrive plus à l'arrêter.
Alors elle déballe tous ses soucis :
– Je ne veux plus de peluches,
plus de goûters, plus de trucs de bébé !

Papa Lapinot ne comprend rien à cette petite
lapine qui se plaint. Il essaie de la consoler,
de la chatouiller avec des petits mots doux :
– Calme-toi, ma Mélaninouchette !
Mais Mélanie ne veut rien entendre.
– Je m'appelle Mélanie, et c'est tout. Plus
question de « Bout d'chou » de « Roudoudou »,
de « Minouchette » ou « Lapinette ».

Ce soir, Mélanie a un gros chagrin.
Et ça, Maman Lapinot le voit bien.
Mélanie ne veut plus être « Le petit rien »,
« Le rikiki », « Le tout-petit ».

Mélanie veut être la grande de quelqu'un.
Mélanie crie, elle pleure, elle saute
dans tous les sens. Elle met le terrier
sens dessus dessous :
– Je veux un petit frère, pour lui faire
des misères ! Ou une petite sœur, ou encore
une souris, un rat, un autre bébé quoi !
Aujourd'hui, Mélanie en a assez.
Mélanie veut un bébé pour ne plus être
le bébé. Mélanie veut un bébé pour qu'on
l'oublie un peu. Mélanie veut un bébé pour
lui apprendre des tas de choses,
et pour s'en occuper.

Quand Mélanie a terminé, qu'elle a fini
de pleurer, elle réclame encore un bébé.
Alors Papa et Maman répondent
qu'ils y pensent déjà depuis un petit
moment.
Soudain, Mélanie prend peur :
qu'est-ce qu'elle deviendra s'il y a un bébé ?
Mélanie ne sera jamais la première,
elle le sait très bien. Si elle a un petit frère,
Mélanie ne sera toujours pas la plus grande
et elle ne sera plus la dernière !
Elle ne sera plus « le lapinou », « le chouchou »,
« le bout d'chou ». Et ça, ça va lui manquer,
Mélanie en est sûre, même si des fois ça
l'énerve.

Alors, après avoir réfléchi, Mélanie a changé
d'avis : elle veut bien rester la dernière,
mais pas tout le temps. Elle veut avoir
le droit d'être la première de temps en temps.
Et, surtout, surtout, avant qu'il y ait un bébé,
Mélanie veut en profiter.
Et, ce soir, Mélanie veut bien être la petite
dernière encore une fois, pour sauter
sur les genoux de papa et qu'il lui raconte
une histoire !

Poulerousse

Lida, illustrations d'Étienne Morel

Près du bois, il y a un jardin.
Dans ce jardin, il y a une maison :
c'est la maison de Poulerousse.
Dans la cuisine et dans la chambre,
tout est propre et bien rangé.
Poulerousse est une bonne ménagère :
pas un grain de poussière sur les meubles,
des fleurs dans les vases, et aux fenêtres
de jolis rideaux bien repassés.

C'est un plaisir d'aller chez elle. Son amie
la tourterelle vient la voir tous les jours.
Toc, toc, toc… Elle frappe doucement
à la porte.
Les deux amies s'embrassent.
Ce sont des *cot, cot, cot, cot*
et des *oucourou, oucourou* à n'en plus finir.
Elles ont beaucoup de choses à se dire.
Elles s'assoient l'une en face de l'autre.

Elles boivent un tout petit verre de vin sucré,
croquent des gâteaux secs. Elles chantent
et jouent aux dominos, ou bien…
elles travaillent en bavardant. La tourterelle
tricote. Poulerousse aime mieux coudre
ou raccommoder. Du reste, elle a toujours
dans sa poche une aiguille tout enfilée,
un dé et des ciseaux. Et elle est toujours
prête à rendre service aux uns ou aux autres,
en raccommodant un accroc ici ou là.

Aussi tout le monde dit du bien d'elle.
Et le renard, qui dresse ses oreilles pointues
à tous les vents, entend un jour :
– Quelle bonne petite poule, cette
Poulerousse ! Et comme elle est belle
et grassouillette ! toute grassouillette !
« Grassouillette... se dit le renard.
Oh ! aïe ! aïe ! toute grassouillette ! »

L'eau lui vient à la bouche et il court tout
droit chez lui. Il entre en dansant
et en chantant :
Grassouillette ! grassouillette !
elle est toute grassouillette !
– Mais que t'arrive-t-il donc ? demande
la renarde. Tu es fou !
– *Tra la la !* il y a une poule rousse près
du bois. Une poule comme il faut, et grasse
à point. Je vais l'attraper. Et tout de suite.
Vite, donne-moi un sac. Prépare la marmite.
Fais bouillir de l'eau. Nous allons la faire
cuire et la manger, cette poule rousse !
– Quel renard tu es ! Quel amour de renard !
s'écrie la renarde toute joyeuse.
Et elle lui tend le sac.
Le renard file comme le vent.
Il voit la maison de Poulerousse, s'approche
doucement, se cache derrière un arbre.
Au même moment, la porte s'ouvre.
– *Cot, cot, cot,* au revoir, chère tourterelle,
à demain.
– À demain, ma Poulerousse. Au revoir !
La tourterelle s'envole. Poulerousse va
chercher du bois au bûcher. Alors, *houp !*
Le renard saute dans la cuisine sans faire
de bruit et se cache derrière la porte.

Mais… qui l'entendra ?

Qui l'entendra ? La tourterelle…

Elle est là tout près, sur une branche
de pommier. Elle comprend que le renard
emporte Poulerousse pour la manger.
Son cœur bat très fort, ses ailes tremblent,
elle a du mal à les ouvrir. Enfin, elle s'envole,
pousse un petit cri et se pose à quelques pas
du renard. Elle volette et sautille en traînant
l'aile, comme si elle était blessée.

– Une tourterelle blessée ! quelle chance !
Attends, ma petite. Il y a encore une place
pour toi dans la marmite !

Le renard pose le sac par terre et court après
la tourterelle. Il croit l'attraper…

Hop ! elle saute et se pose quelques pas plus
loin. *Hop ! hop !*

Poulerousse prend du bois et rentre
tranquillement dans sa maison. Mais, *ha !*
Le renard l'attrape et la fourre dans son sac,
si vite que Poulerousse n'a pas le temps
d'ouvrir le bec.

– Je te tiens, je te tiens, ma belle !
Le renard noue le sac, le jette sur son épaule
et s'en va en sifflant. Poulerousse est tout
étourdie. Elle étouffe, elle se débat dans
le sac et lance un *cot, cot* plein d'effroi.

Et, tout en sautillant, elle chante :
Oucourou, oucourouv. Cela veut dire :
« Courage, Poulerousse, sauve-toi ! »
Vite, vite, Poulerousse prend ses ciseaux
dans sa poche. *Crac, crac*, elle coupe la toile,
et *pfutt !* la voilà libre. Puis elle pousse
une grosse pierre dans le sac et le recoud
en un clin d'œil, remet dans sa poche son
aiguille tout enfilée, son dé, ses ciseaux,
et court, court, court vers sa maison.

Le renard court aussi. Il est très loin,
tout essoufflé :
– Nom d'un rat ! Il faut que je l'attrape, cette
sale bête ! Là, cette fois, ça y est ! *Ouap !*
Rien ! La tourterelle s'envole juste assez haut
pour voir Poulerousse entrer dans sa maison.
Alors, rassurée, elle s'envole pour de bon,
haut, très haut.

Le renard reste bouche bée, et, furieux,
revient vers le sac, qu'il remet sur son épaule
en grognant :
– Au moins, celle qui est là-dedans ne se
sauvera pas !
Puis il rentre chez lui, bien fatigué.
Le couvert est mis et l'eau bout
dans la marmite.
– L'as-tu attrapée ? demande la renarde
en se jetant à son cou.
– Si je l'ai attrapée ? Tiens ! Vois comme
elle est lourde !
La renarde soupèse le sac.
– Hum ! quel déjeuner nous allons faire !
Ils s'approchent tous les deux
de la marmite, ouvrent le sac et le secouent
au-dessus de l'eau qui bout. La pierre tombe.
L'eau bouillante jaillit sur eux et les brûle
si fort qu'ils se sauvent en hurlant
dans les bois.

Jamais ils ne sont revenus.

Et depuis ce jour, Poulerousse
et la tourterelle ne se quittent plus.
Elles vivent ensemble dans la petite maison
de Poulerousse.
Elles sont très heureuses.

Je veux une petite sœur

Geneviève Noël, illustrations d'Hervé Le Goff

Un jour, Maman Souris dit à Mélanie :
– Ma souricette en sucre roux, tu vas bientôt avoir un petit frère.
– J'veux pas un petit frère, proteste Mélanie. Je préfère une petite sœur.
Vite, Maman Souris prend la souricette dans ses bras.
– Le petit frère commence à donner des coups de pieds, Mélanie. Ça veut dire qu'il a très envie de jouer au ballon avec toi.
Furieuse, Mélanie grogne :
– Moi, je préfère jouer à la poupée avec une petite sœur qui fera toujours ce que je veux, voilà ! Alors quand le petit frère naîtra, je casserai ses jouets, et il s'en ira en vitesse dans une autre maison.
– Taratata ! s'exclame Maman.
Et Mélanie court s'enfermer dans sa chambre. Elle fait un dessin sur un papier. Ça veut dire INTERDIT AUX PETITS FRÈRES.

Et elle le colle sur la porte de sa chambre. Comme ça, le petit frère ne pourra pas entrer.

Le temps passe. Et le ventre de Maman Souris devient plus gros qu'un ballon, plus gros qu'un potiron.
Inquiète, Mélanie dit à sa maman :
– J'espère que le petit frère retire ses chaussures pour te donner des coups de pieds.
– Oui, répond Maman Souris en riant.

Mais Mélanie continue à se faire
du souci. Elle pense :
« Le petit frère va être plus grand
que moi. Et il en profitera
pour me donner plein
de coups de pieds. »
Alors Mélanie fait pipi dans son lit
pour embêter sa maman. Et elle refuse
de manger pour énerver son papa.

Enfin, Alexis arrive à la maison.
Mélanie s'approche du berceau sur la pointe
des pieds. Elle serre sa poupée chérie contre
son cœur pour se donner du courage,
et elle regarde son petit frère.
Ça alors, Alexis est tout petit rikiki !
Chic de chic, il ne pourra pas donner de
coups à Mélanie avec ses pieds minuscules.
Rassurée, Mélanie court dans sa chambre.
Vite, elle enfile sa robe de princesse.
Elle met sa couronne qui brille sur la tête.

Puis, elle galope jusqu'au berceau,
et prend la minuscule patte d'Alexis
dans la sienne :
– Regarde-moi, bébé, je suis une vraie
princesse avec une couronne. Alors tu vas
faire ce que je veux tout le temps. Et quand
tu seras grand, tu auras le droit d'être
un prince toi aussi.
Le petit frère fait des petits bruits tout doux,
et il serre très fort la main de Mélanie.
Ça fait rire Mélanie qui crie :
– Maman, Alexis trouve que je suis la plus
belle des princesses. Il est d'accord pour
devenir mon serviteur. Alors si ça se trouve,
lui et moi, on va super bien s'amuser.

La petite fille et les loups

Agnès Bertron-Martin, illustrations de Sophie Mondésir

C'était une belle louve sauvage,
toujours en tête parmi la meute des loups
qui traversaient les forêts.
Pourtant, un soir, elle s'arrêta, épuisée.
Son ventre était de jour en jour devenu
tout rond et maintenant, il était trop lourd !
Elle dit aux autres loups :
– Continuez sans moi votre traversée.
Je m'arrête ici avec Loup Gris pour mettre
au monde notre petit.
Ils trouvèrent refuge dans une grotte.
Et, dans la nuit, sur un lit de feuilles séchées,
la louve mit au monde un louveteau pas plus
gros qu'un chiot. Elle le lécha tendrement
à grands coups de langue rose puis elle le prit
contre elle et le louveteau se mit à téter
sans même ouvrir les yeux.

Près de la grotte, il y avait un village avec
des maisons chauffées, des greniers pleins
de paille et de blé et une bergerie avec
des moutons qui passaient l'hiver à l'abri.

Au bout de quelques jours, la louve eut très faim, une vraie faim de loup qui lui tordait le ventre et elle était trop faible pour chasser. Loup Gris chercha en vain dans les bois une proie à lui apporter.

Alors, une nuit, sans bruit, il s'approcha du village endormi, entra dans la bergerie et tua un mouton, comme une bête sauvage qu'il était, un mouton pour nourrir sa louve là-bas dans la forêt.

Mais tous les autres moutons affolés se mirent à bêler dans la bergerie et, tout à coup, le berger surgit avec son fusil. Loup Gris voulut s'enfuir mais il était gêné par sa proie qu'il ne voulait pas lâcher. Il ne courut pas assez vite et *pan !* Le berger le blessa au flanc !

Alors Loup Gris lâcha le mouton et, en boitant, il fila vers la forêt, rejoindre sa louve et son petit.

Tout à coup, le matin, ils entendent des aboiements, des bruits furieux de voix et de pas.

La louve n'ose pas s'enfuir à cause de son petit. Et Loup Gris, blessé, ne peut pas les protéger. Tous les hommes du village sont là dans les bois, fous de colère. Ils sont comme une grande armée qui part en guerre avec des fusils chargés et leurs chiens qui reniflent partout.

Ils veulent tuer le loup qui a attaqué la bergerie cette nuit.

Une petite fille les suit en cachette. Elle s'appelle Nadège. Elle se dit qu'elle ne craint rien avec tous ces fusils ! Et elle aimerait voir un loup de près...

Elle marche à belles enjambées pour ne pas
perdre les hommes de vue, mais, en même
temps, elle se cache derrière les arbres
pour qu'eux ne la voient pas.
Elle longe une grotte quand, soudain,
les hommes font demi-tour.
Ils marchent vers elle !
Il ne faut surtout pas qu'ils la voient.
Elle se ferait drôlement gronder !
Alors, vite, elle s'accroupit à l'entrée
de la grotte et là, elle se retrouve nez à nez
avec la louve et son louveteau. Contre elle,
en geignant, Loup Gris lèche sa blessure.
Nadège les sent trembler, tous les trois.
Elle pense aux hommes tout autour : ils sont
tant et tant avec leurs fusils et la louve
est seule avec son petit, appuyée contre
son loup blessé. Nadège traîne des branches
et elle recouvre la grotte pour que personne
ne les trouve.

Puis elle court vers les hommes en criant :
– J'ai vu un loup partir par là-bas !
Et elle indique une fausse direction !
Les hommes sont en colère :
– Nadège, qu'est-ce que tu fais là ?
C'est dangereux ! Rentre ! Enfin, merci
du renseignement !
Les hommes ont cherché des jours entiers
mais ils n'ont pas trouvé Loup Gris,
ni la louve, ni son louveteau.

D'ailleurs, Loup Gris n'a plus attaqué
la bergerie, car, chaque matin, devant
sa grotte, une petite fille venait déposer
de quoi manger. Maintenant, la belle louve
sauvage est repartie avec son loup guéri
et leur petit à travers les forêts glacées.
Mais Nadège pense souvent à eux,
qui ont réussi à échapper aux chiens,
aux hommes et aux fusils, seuls contre tous !
Enfin, pas vraiment seuls évidemment...

La boîte à trésors

Didier Dufresne, illustrations de Chantal Cazin

La chambre de Mysti est un vrai paradis.
Il faut dire que Monsieur et Madame Souris
n'ont pas d'autres enfants. Mysti a tout
ce qu'elle veut ! Elle a des robes plein
ses armoires, des jouets plein ses placards.
Quand Mysti demande à sa maman :
– Achète-moi de beaux habits !
Sa maman répond :
– Oui ma chérie.
Quand Mysti demande à son papa :
– Je veux une poupée Soury !
Son papa lui dit :
– Bien sûr ma chérie.

Pourtant, assise sur son lit, Mysti s'ennuie.
Elle soupire :
– Je ne sais pas quoi faire !
Alors Mysti ferme la porte de sa chambre
et ouvre le grand tiroir de sa commode.
Elle sort sa boîte à trésors et la pose sur ses
genoux. Au fond de sa poche, Mysti prend
une petite clé. Elle va ouvrir la boîte,
mais elle entend Maman appeler :
– Mysti, viens vite, ma chérie !
Mysti sursaute et range la boîte.
Elle crie :
– J'arrive, Maman !

Maman l'attend dans la cuisine et lui dit :
– Tu avais oublié qu'on est dimanche !
On prend le thé chez Dame Lapine.
Dépêchons-nous, nous allons être en retard.

Dame Lapine est à la porte :
– Entrez ! Entrez ! Le thé est prêt.
Pendant que Madame Souris et Dame Lapine
parlent de la pluie et du beau temps,
Mysti visite chaque pièce de la maison.
Dans la chambre de Dame Lapine,
Mysti regarde les photos de famille.
Dans le grenier, elle fouine parmi les vieux
papiers. Dans le salon, sur un petit guéridon,
elle admire un joli médaillon…
Elle pense : « Que de belles choses ici ! »
Quand il est l'heure de s'en aller,
Madame Souris appelle Mysti :
– Nous rentrons, ma chérie.
Mysti arrive au salon et salue très poliment
Dame Lapine.

De retour à la maison, Mysti se précipite
dans sa chambre et la ferme à clé.
Elle ouvre le tiroir, sort sa boîte à trésors
et étale sur son lit tout ce qu'elle contient :
une pièce en argent, une fève en porcelaine,
un petit couteau pliant et une paire
de lunettes de soleil.
Tout doucement, elle murmure :
– Et ce n'est pas fini !
Alors Mysti sort de sa poche le joli médaillon
de Dame Lapine et le met dans la boîte.

Quelques jours plus tard,
Madame Souris entend crier :
– Mon bracelet ! On m'a volé mon bracelet !
Elle monte dans la chambre et trouve Mysti
affolée. Elle lui demande :
– Que s'est-il passé ?
Mysti est prête à pleurer :
– Je ne retrouve plus mon bracelet.
C'est sûr, quelqu'un me l'a volé !
Elles ont beau fouiller partout, le bracelet
a disparu. Madame Souris est désolée :

– Je ne connais pas de voleurs ici. Je ne vois
pas qui a pu faire ça. Mais ce n'est pas grave,
je t'en rachèterai un autre demain.
Le soir, Mysti ne peut pas dormir.
Elle ne pense qu'à son bracelet et soupire
dans le noir :
– C'était mon bracelet préféré. Qui a bien pu
me le voler ?
Elle finit par s'endormir. Ses rêves sont peuplés
de voleurs, de bracelets et de médaillons.

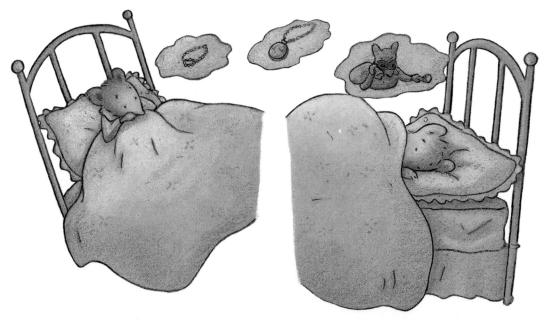

Le lendemain, dans le grand magasin,
Mysti voit des dizaines de bracelets.
Madame Souris dit :
– Choisis, Mysti. Prends le plus joli.
Mais Mysti ne peut se décider.
Alors elle dit à sa maman :
– C'était le bracelet de Mémé Souris. Elle me
l'avait donné. Aucun ne peut le remplacer.
Madame Souris a de la peine :
– Ne t'en fais pas, Mysti, on le retrouvera,
ton bracelet.

En rentrant à la maison, Madame Souris
et Mysti rencontrent Dame Lapine.
– Bonjour, comment allez-vous ? demande
Dame Lapine.
Mais Mysti ne répond pas. Elle baisse la tête
et ses moustaches frémissent.
Dame Lapine lui demande doucement :
– Tu as du chagrin ?
Mysti secoue la tête tristement
et lève les yeux vers Dame Lapine.

Dame Lapine lui caresse la joue :
– Moi aussi j'ai de la peine. J'ai perdu
un médaillon et j'y tenais beaucoup.
Mysti renifle puis disparaît en courant.
Dame Lapine se demande ce qui se passe.
Madame Souris lui explique :
– Mysti pense qu'on lui a volé un bracelet.
Un bracelet qu'elle aimait beaucoup.
Dame Lapine hoche la tête :
– Les choses disparaissent quelquefois et
on les retrouve quand on ne s'y attend pas.
En tous cas, je vous attends toutes les deux
dimanche après-midi pour le thé.

Dame Lapine avait dit vrai. Le dimanche
suivant, en rangeant ses armoires après
le départ de Mysti et de sa maman,
elle retrouve son médaillon.
Le lendemain, à l'école de la forêt,
Adèle la Fouine dit à sa copine Mysti :
– Ma fève de collection en porcelaine !
Celle que j'avais perdue ! Eh bien tu sais,
elle était dans ma poche !
Puis c'est au tour d'Aldo le Souriceau
de s'écrier à la récréation :
– Mon couteau pliant ! Je le cherchais
partout ! Il était au fond de mon cartable...

Mais c'est Emma la Musaraigne qui semble
la plus heureuse. À la sortie de l'école,
elle chante à tue-tête :
Ma pièce en argent n'était pas perdue…
Ma pièce en argent, elle est revenue…

Le soir, dans sa chambre, Mysti ouvre
sa boîte à trésors. Elle est presque vide.
Il ne reste dedans qu'une paire de lunettes
de soleil. Mysti se dit en lissant
ses moustaches :
« Je crois que Monsieur Taupe sera content
de les retrouver demain. »
Alors elle prend les lunettes de soleil
et les met dans son cartable. Elle est
contente, Mysti : ce soir, aucun voleur
ne viendra troubler ses rêves.

Un mois plus tard, Mysti retrouve
son bracelet. Le bracelet de Mémé Souris,
celui auquel elle tenait tant !
Elle pousse un cri de joie :
– Maman ! Maman ! J'ai retrouvé mon bracelet !
Il avait glissé sous mon armoire.
Madame Souris est heureuse.
Elle embrasse Mysti et lui dit :
– Tu vois, j'étais sûre qu'il n'y avait pas
de voleur dans cette maison !
Mysti a retrouvé le sourire.
Elle dit à sa mère :
– Il n'y en aura jamais…
Et elle range le bracelet dans sa boîte
à trésors vide.

Lilou, danseuse

Anne-Marie Pol, illustrations de Madeleine Brunelet

– Moi, je serai danseuse ! dit Lilou.
C'est décidé depuis qu'elle a vu, à la télé,
la Princesse Cygne danser avec son Prince
charmant...
Et Lilou danse tout le temps !
Alors ce soir, Maman lui fait une surprise :
– Demain, annonce-t-elle, tu iras
à ton premier cours.
Puis, elle éteint la lampe et sort sur la pointe
des pieds.
Lilou entend alors une musique très douce.
Ses notes sont comme des paillettes
de baguette magique : voilà Lilou danseuse
étoile... Elle danse avec son Prince charmant !

Ça y est ! Maman accompagne Lilou
à l'école de danse, mais n'assiste pas au cours.
Comme les autres mamans,
elle reste dans le hall.
Seule à la porte du studio, Lilou a le cœur
qui fait *boum, boum, boum*.
– Bonjour mon poussin, l'accueille Sophie,
la maîtresse de danse.
Lilou baisse le nez. « Je ne suis pas un
poussin. » Mais elle n'ose pas le dire.

Sophie la conduit à la barre,
parmi les autres petites filles.
Tiens ! Il y a aussi un petit garçon !

Lilou se retrouve entre lui et une grande
qui se prend pour une étoile. Ça se voit !
Lilou se sent drôlement petite !
Autour d'elle, dans les immenses miroirs
qui recouvrent les murs, elle voit une foule
de danseuses. Des brunes, des blondes,
des rondes, des maigres, toutes habillées
de la même façon : justaucorps, collant
et chaussons. Elles portent toutes un joli
chignon. Sauf une... qui a des couettes !
En plus, ses collants tirebouchonnent !
Elle n'a pas l'air d'une vraie danseuse.
Ça non ! Mais... ?
« Oooh ! cette nunuche à couettes,
c'est... moi ! »
Rouge de honte, Lilou détale.
Elle se cache sous l'énorme piano.
Une grosse voix s'en échappe :
– Que t'arrive-t-il, mon lapin ?
Un vieux monsieur est assis au piano.
Lilou lui jette un regard noir.

« Je ne suis pas un lapin. »
Elle essaie de devenir invisible. Surtout pour
la maîtresse qui est en train d'expliquer :
– On met les pieds en première position,
comme ça. Et quand Monsieur Maurice joue,
on plie les genoux en ouvrant les bras.
Ça s'appelle… ?
– Un demi-plié ! braille le garçon.
– Bravo, Théo ! dit Sophie.
Et tout le monde s'applique.
Ensuite le vieux pianiste se met à jouer
un air très joyeux. Les élèves courent
dans tous les sens. Quand Monsieur Maurice
tape DONG, DONG, ils sautent tous,
comme des petits poneys échappés.
Lilou reste pelotonnée dans sa cachette.
« Je ne suis pas un poney. »

Quand ils ont fini de gambader,
le pianiste joue un autre air…
Oh ! que cette musique est belle !
Aussi douce et fraîche que l'eau du lac,
l'été, elle donne envie de s'y plonger…
Peu à peu, Lilou sort de son abri.
Et, quand Sophie annonce :
– Maintenant on va faire les cygnes…
Lilou court au milieu et bouge les bras,
comme s'ils étaient des ailes.
« Poussin ? Non merci. Lapin ?
Encore moins. Poney ? Ça ne me dit rien.
Mais cygne… j'aimerais bien ! »
La maîtresse la regarde. Théo lui sourit.
Lilou en oublie les autres.
Elle a presque l'impression de s'envoler.
Et dans le miroir, tout à coup,
Lilou voit virevolter un Prince charmant,
avec sa belle danseuse étoile… Elle !

La petite souris qui a perdu une dent

Clair Arthur, illustrations de Marc Boutavant

Oh ! il est l'heure ! Vite, Noisette enfile son sac à dos à dents. Aujourd'hui, Zaza, cette chipette à couettes, a perdu une dent sur le devant. Un clic, deux clics, la petite souris ferme la porte de son nid. Elle habite dans le noir, sous la baignoire. Elle se dépêche. Minuit est passé. Ses pattes glissent sur le carrelage. Elle connaît le couloir. Elle fonce. À gauche toute, la chambre de Zaza. Ça va, tout est calme. *Hop !* par-dessus les ours, les crocodiles et les pandas. Mais quand est-ce qu'elle range sa chambre, cette chipette ? Un bond. *Plouf !* sur la couette. Heureusement, Zaza dort comme un ange. Alors, où est-elle cette dent ? Noisette s'enfonce sous l'oreiller. Mais où est-elle ? Ah, ça sent la dent de lait par ici. La voilà.

– Mon sac à dos à dents... murmure la souris. *Ho ! hisse !* la dent dedans... et le tour est joué...

– Nom d'un fromage qui rit ! s'exclame
Noisette. J'ai oublié la pièce ! Il faut que je
retourne la chercher chez moi. Ah ! là ! là !
Quand est-ce que je vais pouvoir dormir ?
Noisette saute au bas du lit. Elle bondit
par-dessus les ours, les crocodiles, les pandas...
Le couloir, à fond la caisse. La salle de bains...
Catastrophe ! La petite souris s'écrase le nez
contre une mule. Mais qui a laissé traîner
cette sandale au milieu du chemin ?
Rien n'est jamais rangé dans cette maison.
– Oh non ! crie Noisette. Je me suis décroché
une dent !

Vite, vite ! la petite souris range sa dent
avec celle de Zaza. Vite, vite ! *Clic, clic !*
elle rentre dans son nid. Elle ôte son sac
à dos à dents. Elle enfile son sac à dos
à pièce. *Clic, clic !* attention à la sandale,
la petite souris fonce dans le couloir.
Les peluches, un bond, deux bonds,
elle est revenue sous l'oreiller de Zaza.
Le sac à dos à pièces... Et *zou !*
la pièce sous les plumes. Mission accomplie.
Zaza, demain à son réveil, trouvera un beau
sou tout neuf. *Tac, tac !* par-dessus les ours,
les peluches, elle rentre au nid.

Ouf ! quelle nuit ! Elle s'allonge sur le paquet de lentilles qui lui sert de lit. Elle soupire. Elle essaie de dormir. Mais une chose l'empêche de fermer l'œil : sa dent.
Alors, Noisette se lève. Du sac à dos à dents, elle sort sa canine, cassée nette à la base. Une si belle canine… Ça non, elle ne va pas la ranger sur le tas de dents que Zaza et ses frères et sœurs ont déjà perdues. Noisette a une idée. Elle sait où elle va la mettre sa dent. Sous son oreiller de semoule de couscous… Comme ça elle aura un sou, elle aussi. Enfin, peut-être.

Mais qui va lui apporter la pièce ?
Cette question empêche encore la petite souris de dormir. Elle guette.
Elle fait semblant de fermer les yeux.
Elle les garde un tout petit, tout petit, tout petit peu ouverts. Par la toute petite, toute petite, toute petite fente, elle surveille les quatre coins de son nid.
– Si quelqu'un se pointe avec une pièce, je ne peux pas le manquer, pense Noisette.
Au bout d'un moment, la toute petite, toute petite, toute petite fente se réduit.
Et se ferme. La petite souris dort.

Pressée, pressée, qui passe, *aïe !*
sous la porte du nid de la petite souris ?
Aïe, aïe ! qui se glisse donc sous la porte
et, *zut !* coince son sac à dos à pièces ? Ah !
là, là ! le sou est bien trop gros. Passera pas.
Qui tire, tire sur le sac, de toutes les forces
de ses huit pattes ? *Hooooo hhhhhiiiiisse !*
Ça y est, la pièce est passée, mais le sac
est cassé. Et Suzette, l'araignette,
s'est cassé la binette… et les lunettes.
– Ma dent, j'ai perdu une dent, se lamente
Suzette. Voilà ce qui arrive quand je suis trop
pressée.

Aïe ! Hop ! l'araignette, qui s'est fait mal
au dos, dépose sous l'oreiller de Noisette
un sou de souris bien brillant.
Sans lunettes, sa dent dans une chaussette,
Suzette repasse, *aïe, aïe !* sous la porte
du nid de la souricette.
Aïe, aïe ! mais quel métier…
– Dès que je rentre dans ma toile,
je me couche, dit Suzette. Mais avant
de dormir, je mets ma dent sous mon fil.

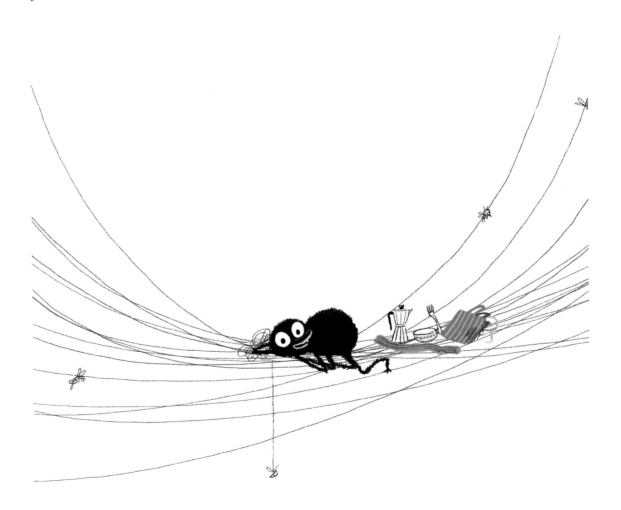

La petite fille du port de Chine

Agnès Bertron-Martin, illustrations d'Anne Buguet

Quelquefois, la petite fille du port de Chine
regarde l'eau paisible de la mer,
et les jonques qui glissent vers le large.
Elle enrage :
– Si seulement le Dragon-Serpent,
qui vit au fond de l'eau, nous fichait la paix,
comme nous serions heureux ! Et moi,
je ne serais plus obligée d'apprendre
à cultiver, tisser et sculpter.

Pourtant, c'est comme ça depuis
des milliers d'années : dans la mer de Chine,
il y a un Dragon-Serpent qui pique des colères !
Quand on s'y attend le moins, il sort de l'eau
comme un diable de sa boîte !
Il soulève la mer à coups de griffes,
il la fait bouillonner à coups de langue
brûlante, et, à coups de queue, il bombarde
de cailloux les rochers du rivage.

Alors les jonques se brisent comme
des allumettes.
Et la petite fille du port de Chine a tellement
peur qu'elle court se cacher dans sa maison
de bambou.

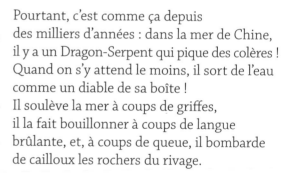

Pendant ce temps, les gens crient.
Ils supplient le Dragon-Serpent de se calmer,
et ils promettent de lui donner tout ce qu'il
demande.

Quelquefois, le dragon a soif et,
pour se désaltérer, il réclame des litres
et des litres de thé parfumé.

Quelquefois, le dragon a froid, et il lui faut
des mètres de soie pour se réchauffer.
Quelquefois, le dragon a envie de trésors,
et il exige des morceaux de jade sculpté.
Quand il a ce qu'il veut, le dragon retourne
vivre sous l'eau, et les gens doivent
recommencer à travailler.
De nouveau, ils cultivent le thé,
ils sculptent le jade, ils tissent la soie.
Mais leur cœur est vide de joie.
C'est le Dragon-Serpent qui l'a prise.
Il ne leur a laissé que du chagrin
et de la fatigue.
Mais la petite fille du port de Chine,
elle, revient au bord de l'eau.
Elle guette quelqu'un qui l'emporterait
dans sa jonque loin, loin du port de Chine,
et du Dragon-Serpent si méchant.
Mais personne, jamais, ne vient.

Les gens se fâchent :

– Rêvasser ne sert à rien ! Viens plutôt nous aider.

Et la petite fille doit cultiver, tisser et sculpter.

Pourtant elle déteste ça !

Alors, elle attend que tout le monde soit assoupi pour revenir dans le port, et faire enfin ce qu'il lui plaît : danser !

Elle danse, la petite fille de Chine, dans le port.

Ses bras sont comme de grands oiseaux qui caressent le ciel. Son corps est comme une voile de bateau dans le vent, et ses pieds ont le bruit léger de la pluie sur la mer.

Elle danse...

et personne ne peut l'en empêcher parce que personne ne la voit.

Personne sauf la nuit, les étoiles et la lune.

La petite fille sourit :

– C'est merveilleux de danser même si cela ne sert à rien !

Un matin, pourtant, après tant de nuits à danser, la petite fille est déjà devenue une jeune fille dans le port de Chine.

Et voilà un jeune marchand qui s'approche d'elle, les yeux brillants.

Il lui avoue :

– Je t'ai regardée danser cette nuit. C'était si beau que je n'ai pas pu m'en empêcher. Maintenant, je vais partir loin sur la mer de Chine, mais je reviendrai te chercher. Je te le promets. Et je t'emmènerai danser de l'autre côté de la mer.

Puis il part dans sa longue jonque de laque rouge.

Alors, la jeune fille de Chine danse
de joie comme jamais elle ne l'avait fait,
car ce jeune marchand, il y a si longtemps
qu'elle l'attendait.
Elle rit.
– C'est extraordinaire d'aimer, et tant pis
si ça ne sert à rien.

Soudain, elle aperçoit les écailles du dragon
qui brillent sous l'eau.
La jonque rouge est déjà loin, mais pas assez.
La jeune fille crie :
– Attention, le Dragon-Serpent va bondir.
Mais le jeune marchand ne l'entend pas.
Il dort dans la jonque, fatigué d'avoir regardé
la jeune fille danser toute la nuit.

Le dragon surgit la gueule brûlante
et, d'un coup de queue,
il brise la jonque de laque rouge.
Quand le dragon retourne sous l'eau
en emportant tout ce que les gens lui ont
jeté, la jeune fille guette longtemps,
très longtemps.

Mais parmi tous les gens qui rentrent à la nage, leur bateau brisé, il n'y a pas le jeune marchand. La jeune fille voudrait tellement, tellement qu'il ne soit pas mort.

Le soir, au bord de la mer, elle danse la danse du désir. Et cette danse, elle la danse si bien que le ciel a pitié d'elle. Alors il dépose sur ses doigts un peu d'encre de nuit. La jeune fille la voit, et elle soupire en la mettant dans sa poche.
– C'est bien joli, mais cela ne sert à rien !
La jeune fille pleure tellement, tellement...
Le soir suivant, elle va danser la danse du chagrin. Et cette danse, elle la danse si bien que les étoiles ont pitié d'elle. Alors elles sèment sur ses pieds un peu de leur poussière de lumière.
La jeune fille la voit, et elle soupire en la mettant dans sa poche :
– C'est bien joli, mais cela ne sert à rien.

La jeune fille souffre tant quand elle se souvient des yeux brillants du jeune marchand que, le soir suivant, elle danse la danse de l'oubli.
Et cette danse, elle la danse si bien que la lune a pitié d'elle.
Alors elle enroule autour de sa taille un de ses rayons.
La jeune fille n'a pas entendu le Dragon-Serpent.
Pour une fois, il est sorti de l'eau tout doucement.
Il a vu danser la jeune fille, et il est ravi !
Il en a vraiment assez du thé, de la soie et du jade depuis des milliers d'années !
Il veut que la jeune fille du port vienne danser au fond de l'eau pour chasser son ennui.
D'un seul coup, il l'attrape par les cheveux avec ses griffes, et il l'emporte au fond de la mer.
La jeune fille est sûre d'être morte.

Mais, quand elle ouvre les yeux,
elle est dans la caverne du dragon et,
au milieu des montagnes de jade et de soie,
elle entend le jeune marchand ronfler.
Il ne s'est toujours pas réveillé depuis
que sa jonque a été brisée.
Elle est si heureuse que sa peur s'envole.
Elle prend l'encre de nuit, et elle la jette
dans les yeux du dragon.
Et le dragon n'y voit plus.

Elle prend la poussière d'étoile,
et elle la jette dans les naseaux.
Alors le dragon éternue si fort que la mer
s'ouvre, et le jeune marchand se réveille !
Vite, le marchand et la jeune fille
ligotent le dragon avec le rayon de lune,
et ils le tirent hors de la mer jusqu'au port.

Et c'est comme ça qu'un jour, la jeune fille
du port de Chine, qui était si douée
pour danser et pour aimer, a capturé
le Dragon-Serpent qui embêtait tant
de gens depuis trop longtemps.

Maman m'embête tout le temps

Geneviève Noël, illustrations d'Hervé Le Goff

Le museau collé à la vitre, Mélanie grogne :
– Il pleut, j'sais pas quoi faire !
Tout à coup, la petite souris a une idée.
Vite, elle sort sa poupée du placard.
Et lui dit :
– Moi, je serai la maîtresse, toi, tu seras l'élève.
Comme la poupée est d'accord,
Mélanie étale ses feutres sur la moquette
du salon. Elle ouvre sa boîte de peinture,
puis elle tape dans ses pattes :
– Poupée, fais-moi un beau dessin !
À cet instant, Maman Souris entre
dans la pièce avec un vase rempli de fleurs...

Elle marche sur la poupée, écrase la boîte
de peinture, dérape sur les feutres...
Sans savoir comment, Maman Souris
se retrouve à quatre pattes,
le nez dans les fleurs renversées.
Furieuse, Maman Souris gronde :
– KESKISPASSE Mélanie ? Si tu ne ranges
pas ton fouillis, je vais te donner une fessée !
Encore plus furieuse, Mélanie hurle :
– *Ouin*, tu as cassé ma poupée préférée.
Rouge de colère, Mélanie se réfugie
dans sa chambre. Elle sanglote :
– Ma maman m'embête tout le temps !

Elle grogne quand je fais des vagues dans la baignoire. Elle crie quand je me penche à la fenêtre. Elle hurle quand je m'amuse avec les allumettes. Alors, je vais la mettre au coin noir, enfermée dans le placard. Comme ça, je serai tranquille, et je ferai ce que je veux tout le temps !
Bing, Mélanie se roule en boule sous son lit. Elle devient toute petite, minuscule. Comme ça, plus personne ne pourra la retrouver.
Le temps passe.
Et... *toc, toc*, on frappe à la porte.
– Y'a personne, grogne la minuscule Mélanie.
La porte s'ouvre lentement, et Maman Souris apparaît.

Elle dit gentiment à la minuscule Mélanie, cachée sous son lit :
– Comme ta poupée avait un bobo sur la joue, je lui ai mis un pansement.
Les yeux de Mélanie se remplissent de larmes. Elle a envie de crier :
« Méchante Maman ! » et, en même temps, d'arrêter de bouder. Elle hésite, puis bondit dans les bras de sa maman.
Elle lui fait plein de bisous dans le cou, puis elle chuchote dans le creux de son oreille :
– J'veux plus te mettre au coin noir, enfermée dans le placard.
– Ouf, dit Maman Souris, je l'ai échappé belle.
Et elle serre Mélanie, fort, très fort contre son cœur.

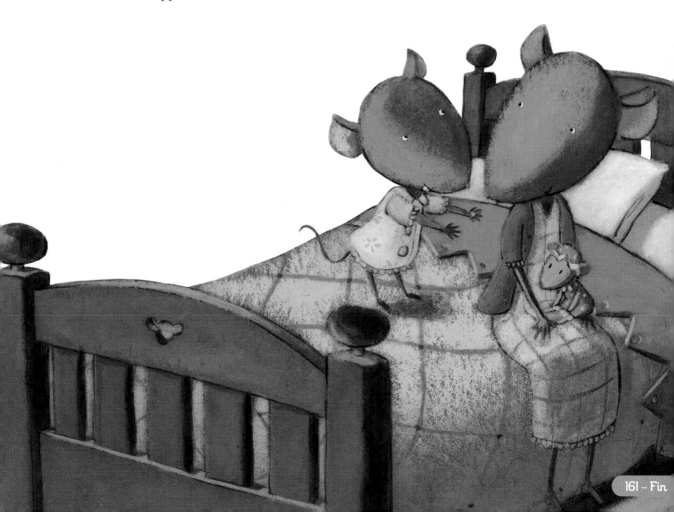

Mon papa à lunettes

Didier Dufresne, illustrations de Chantal Cazin

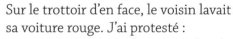

De toute l'école, j'étais la seule :
mon papa n'avait pas de voiture !
Maman oui, mais pas Papa.
Elle conduisait toujours, lui jamais…
Alors les autres ont fini par me dire :
– Ton père ne sait même pas conduire…
– Les vrais Papas ont des voitures…
– Il n'a pas son permis !
Je ne savais pas ce que c'était que le permis,
mais j'ai quand même pleuré.

Le soir, quand je suis rentrée à la maison,
j'ai couru vers Papa et je lui ai demandé :
– C'est quoi, le permis ?
Il m'a tout expliqué, que c'était un papier rose
avec son nom et sa photo dessus. Il fallait
avoir ça pour conduire une voiture. J'ai dit :
– Alors c'est facile ! Tu n'as qu'à en acheter
un et tu y colles ta photo.
Papa m'a regardée dans les yeux :
– Marianne, je ne peux pas conduire à cause
de mes lunettes…

Sur le trottoir d'en face, le voisin lavait
sa voiture rouge. J'ai protesté :
– Mais Monsieur Gorbier, il conduit bien,
lui ! Pourtant, il a des lunettes.
Papa a secoué la tête :
– Marianne, j'y vois moins bien que Monsieur
Gorbier. Je ne pourrai jamais passer
mon permis et conduire une voiture.
J'ai ôté ses épaisses lunettes et je les ai posées
sur le bout de mon nez. Papa est devenu tout
petit et tout déformé. Il s'est mis
à me faire des grimaces et je lui ai vite rendu
ses lunettes. J'ai regardé ses yeux avant
qu'il les remette. Ils sont bleus très très clair.

On ne les voit pas souvent comme ça,
Papa a toujours ses lunettes sur le nez.
– Ils sont beaux, tes yeux, Papa. Et moi,
tu me vois ?
Il a collé son nez sur le mien et en riant
il a répondu :
– Bien sûr, Mariannou...
Il m'a installée sur ses épaules et il a couru
dans le jardin. Il faisait semblant de ne pas
voir les arbres. Il fonçait dessus, freinait au
dernier moment et repartait à toute vitesse.
Moi, je criais très fort. On s'est bien amusés.
Trois jours plus tard, la voiture de Monsieur
Gorbier est entrée dans la cour.
Papa était dedans, mais c'était Monsieur
Gorbier qui conduisait.

J'ai couru en demandant :
– Tu as passé ton permis, Papa ?
Il a ouvert la vitre et a répondu :
– Non, mais j'ai une surprise. Regarde
derrière la voiture.
J'ai vu la remorque. Dessus, il y avait un
scooter. Un superbe scooter noir avec une
bande rouge sur le côté. Monsieur Gorbier
a aidé Papa à le descendre dans la cour.
J'ai dansé autour de l'engin en poussant
des cris d'Indien :
– Youuuou ! Vive Papa ! Vive Papa !
Un scooter, c'était mille fois mieux
qu'une voiture !

Comme Papa n'avait jamais conduit
une telle machine, il a commencé
par s'entraîner dans le jardin. Je mettais
des obstacles : un ballon, des chaises,
des cailloux... et Papa devait les contourner.
Il se débrouillait très bien.
Le scooter pétaradait sur la pelouse
et moi je faisais l'agent de police.
– Bientôt, j'irai sur la route, a-t-il dit au bout
d'une semaine.
– Tu m'emmèneras ?
– Pas encore, patience, patience...

Samedi après-midi,
Papa s'est enfermé dans le garage.
J'ai frappé à la porte, mais il a crié :
– Interdiction d'entrer !
D'habitude, quand il bricole, c'est moi
qui l'aide à retrouver les petites vis
qu'il fait toujours tomber. J'ai supplié :
– Allez, Papa ! Laisse-moi entrer !
Rien à faire ! J'ai collé mon oreille contre
la porte. On entendait des bruits bizarres
à l'intérieur. Que pouvait-il bien faire ?
Enfin, la porte s'est ouverte.

Papa est sorti en poussant le scooter
et j'ai compris. À la place du porte-bagages,
il avait fixé un magnifique siège orange.
– Tu vas pouvoir m'emmener à l'école, dis ?

Papa a fait non de la tête :
– Pas encore, patience, patience...

On a repris les entraînements dans le jardin
mais, cette fois, j'étais dans le siège.
Par-dessus son épaule, je lui criais :
– À droite ! À gauche ! Attention à la
brouette... Freine !
Il faisait tout ce que je lui demandais.
– Encore quelques jours et on sera prêts,
a-t-il annoncé.

Avant d'aller à l'école en scooter,
Papa a tenu à faire plusieurs fois le voyage
à pied. Il n'était pourtant pas long, le chemin
de la maison à l'école, mais Papa avait décidé
de tout étudier.
Il voulait connaître le parcours par cœur
pour éviter les dangers. Main dans la main,
on marchait sur le trottoir.
Papa s'approchait tout près des panneaux,
repérait les carrefours, observait les feux...
Pendant une semaine encore, Papa a suivi
la voiture quand Maman me conduisait
à l'école.

Par la vitre arrière, je lui faisais des signes.
J'avais peur qu'il ne nous voie plus et qu'on
le perde, mais il arrivait toujours en même
temps que nous à l'école. Je sentais que
c'était pour bientôt...

Dimanche soir, il m'a enfin annoncé :
– Demain, je t'emmène à l'école en scooter,
d'accord ?
– Ouiiiii !
Pour une fois, je me suis lavé les dents sans
ronchonner et je n'ai rien dit pour aller me
coucher. Toute la nuit, j'ai rêvé de scooter !

Lundi matin, j'ai trouvé un gros paquet
sur la table de la cuisine.
– Ouvre, a dit Maman. C'est pour toi.
J'ai déchiré le papier. Dans le paquet,
j'ai trouvé une boîte, et dans la boîte,
un vrai casque.
– Essaie-le, a dit Papa.
Il m'allait tellement bien que je n'ai pas voulu
l'enlever pour boire mon chocolat.

C'était l'heure de partir. Papa m'a attachée
sur le siège orange. Maman a vérifié trois
fois que c'était bien serré. Elle m'a embrassée
comme si c'était la dernière fois qu'elle me
voyait et elle a dit à Papa :
– Sois prudent, Christian.
Papa a mis le moteur en route et nous
sommes partis en douceur. Papa se tenait
bien droit. Il faisait très attention.
Je lui disais :
– C'est bien, Papa, tu conduis comme un roi.
Il se débrouillait très bien dans la circulation.
Moi, j'étais très fière, perchée sur mon siège
orange. J'aurais voulu que l'école soit loin,
très loin… pour que le voyage dure longtemps,
très longtemps…

Mais l'école était là. Déjà, Papa se garait
le long du trottoir et coupait le moteur.
Heureusement, nous n'étions pas très
en avance. Toutes mes copines et tous
mes copains nous ont vus arriver !

Quand la maîtresse est venue ouvrir la grille de l'école, ils nous entouraient et parlaient tous en même temps :
– Il est chouette, le scooter...
– Tu me le prêteras, ton casque ?
– Vous êtes allés très vite ?
– Tu en as de la chance, Marianne...
Papa et moi, on n'entendait rien.
On a ôté nos casques. Papa était en sueur.
Il m'a demandé :
– Tu es contente, Marianne ?
Je me suis détachée, j'ai sauté à terre et j'ai répondu :
– Tu sais, Papa, je n'ai pas eu peur du tout.
Je l'ai embrassé et je suis entrée dans la cour de l'école, mon casque à la main.
En classe, ce jour-là, on n'a parlé que du scooter. On l'a même dessiné, avec Papa et moi dessus.
Plein de scooters noirs et rouges sur les murs de la classe ! Moi, j'ai dessiné Papa avec des lunettes en forme de cœur...
Papa ne m'a plus jamais conduite à l'école en scooter. Il m'a expliqué que c'était trop dangereux. J'ai regardé ses grands yeux bleus et j'ai compris.

Je lui ai dit à l'oreille :
– Tu sais, ça ne fait rien. Une fois c'était très bien.
Depuis, le scooter ne va plus sur la route, mais chaque fois que mes cousins viennent à la maison, Papa remet son casque.
Alors, ça pétarade au fond du jardin !
Chacun à notre tour, cramponnés sur le siège orange, nous hurlons quand le scooter frôle le vieux pommier ou écrase quelques fraisiers.

Petite sorcière a peur de tout

Sylvie Poilevé, illustrations de Myriam Mollier

Mère Santrouille est une toute petite sorcière.
Personne n'a jamais vu une sorcière à peine
plus grosse qu'un chat !
Pourtant, elle est comme ça Mère
Santrouille. Perdue sous son grand chapeau
pointu, elle a vraiment un drôle d'air.
Être petite c'est parfois un peu gênant,
mais être peureuse, pour une sorcière,
c'est beaucoup plus embêtant.
Pourtant, c'est ainsi, Mère Santrouille a peur
de tout, de vraiment tout.

Au moindre cri, au moindre bruit,
au plus petit des chuchotis,
Ffrrout elle se cache sous son lit.
Du matin au soir, Mère Santrouille sursaute
et tressaute et, la nuit, quand tout est noir,
elle est sûre que ce n'est pas la chouette
qui fait « Hou ! » mais un fantôme,
ou bien le loup : « Hou ! Hou ! »
Elle n'en peut plus Mère Santrouille !
Grimper au rideau quand passe une souris,
ce n'est pas une vie.

Un jour, elle prend une grande décision :
elle va chasser ses peurs à coups de potions.
Dans sa marmite, elle touille une purée
d'oignons et des pattes de papillons.
Hum, c'est bon… mais, en plus de ses peurs,
Mère Santrouille a maintenant des boutons !

Alors elle essaie une autre potion,
et fait mijoter dans sa marmite :
des champignons à chapeaux rouges
et blancs et des queues de serpents.
Hum, c'est excellent… mais, en plus de
ses peurs, Mère Santrouille a maintenant
mal aux dents !

Elle ne se décourage pas et mitonne encore :
pommes pourries, jus de fourmis
et pipi de ouistiti.
Hum, bon appétit… mais, en plus
de ses peurs, Mère Santrouille a maintenant
un torticolis !

Mère Santrouille a vraiment tout essayé
mais elle n'y est pas arrivée.
Aucune solution parmi toutes ces potions.
Au moindre cri, au moindre bruit,
au plus petit des chuchotis,
elle se cache toujours sous son lit.

Mais un jour, elle trouve dans l'un de ses
livres une recette intitulée : *Même pas peur*.
Voilà le remède à tous ses soucis !
Excitée, Mère Santrouille se met à cuisiner.
Elle reprend scrupuleusement la liste
des ingrédients : pommes de terre,
eau de mer, beurre et citron vert.
Sous son grand chaudron,
elle fait un feu d'enfer.
Comme il est écrit, elle attend que ce soit
bien cuit. À peine a-t-elle le temps de mettre
sa serviette autour du cou,
qu'elle a déjà mangé absolument tout.

Après ce repas, rassurée, soulagée,
elle s'endort.
– Hou ! hulule la chouette dans la nuit.
Mais la petite sorcière ne bouge pas,
elle est en train de rêver.
Le lendemain, quand le coq chante,
elle ne sursaute pas.
Quand la pluie tombe, elle ne tressaute pas.
Youpi ! Ses peurs se sont envolées !
Elle bondit hors de son lit, et profite bien
de sa journée.
Quel bonheur de ne plus avoir peur !

Le soir, Mère Santrouille veut refaire
du *Même pas peur*, sa recette préférée.
Elle feuillette son livre du début à la fin
mais elle ne trouve rien.
Elle recommence : *Même pas peur*,
Même pas... Pommes vapeur.
Tel est le nom exact de la recette !
La petite sorcière était tellement pressée
de trouver une solution à ses peurs que,
dans la précipitation, elle en a mal lu le nom.
Alors Mère Santrouille rit de son erreur.
Peu importe, puisqu'elle n'a plus peur !

Depuis ce jour-là, les yeux pleins de malice,
Mère Santrouille a repris ses vieux grimoires
avec délice, pour concocter mille remèdes
qui guérissent tout, absolument tout !
Trop de cauchemars : soupe de mouches
parfumée au lard. Doigts pincés : spaghettis
aux pattes d'araignées.

Bosses à répétition : crème chantilly
aux limaçons.
Mal aux dents : purée de caca de caïman.
Mal au cœur : sauté de crapaud au beurre.
Mal au... Mal au...
Mais, quels que soient le problème
ou la douleur, Mère Santrouille conseille
de rajouter à tout remède quelques
pommes vapeur !

Les trois grains de riz

Agnès Bertron-Martin, illustrations de Virginie Sanchez

Ce matin, Petite Sœur Li a mis sur son dos
un sac de toile brune.
Dans ce sac, se tiennent bien serrés
tous les grains de riz que ses parents
ont récoltés précieusement dans la plaine
à côté du grand fleuve.
Et Petite Sœur Li est partie en courant,
pour vendre ce riz au marché.

Petite Sœur Li court, court...
Mais soudain, un canard sauvage se pose
devant elle.
– Petite Sœur Li, Petite Sœur Li, donne-moi
du riz ! Moi, avec le riz, j'efface les ennuis !

Petite Sœur Li ne doit pas gaspiller ce riz,
elle doit le vendre car ses parents ont besoin
d'argent. Mais elle trouve extraordinaire
qu'un canard soit capable de tant de bonté !
Alors elle ouvre doucement le sac de toile
brune, et c'est avec plaisir qu'elle offre une
petite poignée de riz à un canard si gentil.
Et le canard s'envole en lui disant merci.

À l'entrée de la forêt de bambous,
Petite Sœur Li court toujours quand,
soudain, un panda se présente devant elle.
– Petite Sœur Li, Petite Sœur Li,
donne-moi du riz ! Moi, avec le riz,
je combats les méchants.

Petite Sœur Li trouve formidable
qu'un panda soit capable de tant de courage !
Alors elle ouvre une nouvelle fois le sac de
toile, et c'est avec joie qu'elle offre une petite
poignée de riz à un panda si courageux.
Et le panda se sauve en lui disant merci.

Petite Sœur Li court au milieu des bambous,
quand un singe l'interpelle :

– Petite Sœur Li, Petite Sœur Li,
donne-moi du riz ! Moi, avec le riz,
je fabrique des trésors.
Petite Sœur Li trouve incroyable qu'un singe
soit si doué ! Alors elle ouvre une nouvelle
fois le sac de toile, et c'est avec admiration
qu'elle offre une petite poignée de riz
à un singe aussi adroit.
Et le singe se sauve en lui disant merci.

Mais quand Petite Sœur Li traverse le pont,
le dragon du fleuve bondit en rugissant :
– Petite Sœur Li, Petite Sœur Li,
donne-moi du riz ou je t'avale !
Petite Sœur Li a tellement peur du dragon
qu'elle lui jette une énorme poignée de riz
pour qu'il la laisse tranquille. Mais le dragon
ne dit pas merci. Vraiment pas du tout.
Au contraire, il se fâche de plus belle,
et il rugit :
– Petite Sœur Li, tu te moques de moi !
Une poignée ne suffit pas, je veux tout
ton riz ! Donne-le-moi !

– Ah non, répond Petite Sœur Li,
tu exagères ! Ce riz, je dois le vendre
au marché.
Et Petite Sœur Li court de l'autre côté
du pont.

Le dragon est furieux. Il se dresse pour
cracher sa colère contre Petite Sœur Li.
Il lance des serpents de flammes
qui transforment le ciel en brasier.
Il avale l'eau du fleuve et la recrache
pour noyer Petite Sœur Li.

L'eau du fleuve monte aux pieds de Petite
Sœur Li, à ses mollets, à sa taille.
Petite Sœur Li est secouée par le courant.
Elle essaie de nager, elle lutte pour ne pas
se noyer. Mais, hélas ! son sac se déchire
et les grains de riz sont emportés par l'eau
en furie.

Petite Sœur Li s'agrippe à une branche
de bambou.
Petite Sœur Li a froid, Petite Sœur Li a peur,
Petite Sœur Li a tout perdu. Enfin…
c'est ce qu'elle croit.

Mais le canard sauvage passe au-dessus d'elle.
– Petite Sœur Li, Petite Sœur Li,
pour toi j'ai gardé un grain de riz.

Et il crache dans l'eau en chantant :
Petit grain de riz, efface les ennuis
de Petite Sœur Li !
Au contact de l'eau, le grain de riz grossit.
Il se transforme en un bateau de nacre.
Vite, Petite Sœur Li monte dedans.
Hélas ! Petite Sœur Li ne sait pas naviguer,
elle va droit vers le dragon qui la regarde
arriver, prêt à la croquer.
Petite Sœur Li a froid, Petite Sœur Li a peur,
Petite Sœur Li va mourir. Enfin…
c'est ce qu'elle croit.

Mais le panda surgit à travers des branches de bambous.
– Petite Sœur Li, Petite Sœur Li, pour toi j'ai gardé un grain de riz.
Vite, il le lance dans la gueule du dragon en chantant :
Petit grain de riz, sauve Petite Sœur Li du méchant dragon !

Aussitôt, le grain de riz devient long et piquant. Il se transforme en une immense épine, qui fonce comme une flèche et vient se planter dans la gorge du monstre.
Et voilà le dragon qui bâille et s'endort.

Il se couche au fond du fleuve, et toute l'eau le suit et rentre dans son lit.
Petite Sœur Li accroche le bateau au ponton, et elle court chez elle pour voir si ses parents n'ont pas été emportés par l'eau du fleuve. Quand elle les aperçoit, bien vivants sur le seuil de leur maison, le cœur de Petite Sœur Li se soulève de joie.

Hélas ! Petite Sœur Li n'a ni riz ni argent ! Elle a peur de se faire gronder car elle revient les mains vides. Elle a tout perdu ! Enfin... c'est ce qu'elle croit.

Mais le singe saute autour d'elle.
– Petite Sœur Li, Petite Sœur Li, moi aussi, pour toi j'ai gardé un grain de riz.
Et il le tend à Petite Sœur Li, en chantant :
Petit grain de riz, transforme-toi en trésor pour Petite Sœur Li !

À peine le grain de riz est-il dans les mains de Petite Sœur Li, qu'il devient d'un bleu profond et se met à briller. Il se transforme en un énorme saphir.

Alors Petite Sœur Li court offrir cette pierre précieuse à ses parents et se jeter dans leurs bras. Quelle joie pour les parents de Petite Sœur Li de retrouver leur fille !
Mais, aujourd'hui encore, ils n'ont pas vraiment compris comment Petite Sœur Li a pu leur rapporter un tel trésor à la place d'un seul sac de riz, ni comment un canard sauvage, un panda et un singe sont devenus, ce jour-là, ses amis pour la vie !

Petite Lili dans son grand lit

Sylvie Poillevé, illustrations de Charlotte Gastaut

La Lune brille dans le bleu nuit du ciel...
Tic-Tac, Tic-Tac... chante le réveil,
c'est l'heure du grand sommeil !
Toute petite, toute riquiqui,
Lili regarde son grand lit.

Sur la pointe des pieds, elle pose le bout
de son nez sur cette immensité,
ce lit si grand, ce lit de géant...
Elle sera bien trop seule dedans !

Lili est toute petite, toute riquiqui,
mais elle ne manque pas d'idées !
Vite, vite, elle va chercher son gros ours,
son ours si gros !
Elle le tire, elle le pousse, et... *hop !*
Au dodo !

Mais Lili fait la grimace, il y a encore bien
trop de place !
Vite, vite, elle va chercher son lapin Lapinou
si costaud !
Elle le tire, elle le pousse, et... *hop !* Au dodo !

Mais ce lit est un vrai grand lit !
Il n'est pas encore assez rempli...
Vite, vite, Lili va chercher son gros chat
Mimi, un vrai chat gris,
qui ronronne et fait du bruit.
Allez, Mimi ! Au lit !
Mais pour bien dormir dans ce lit,
ce lit de géant, il ne faut surtout pas
oublier de prendre dans le grand placard
tout au bout du couloir un foulard
qui sent bon Maman...

Et puis aussi, très important ! d'attraper tout
au fond d'un tiroir une écharpe qui sent bon
Papa...
Vite, vite, il faut ajouter quelques livres
adorés...
Et voilà !

Toute petite, toute riquiqui Lili grimpe
enfin dans son grand lit...
Elle est bien installée !
Elle est bien entourée !
Mais peut-être... un peu trop serrée...
Finalement, ce lit n'est pas si grand !

Lili bâille, Lili étire un bras, et... *patatras !*
le gros ours est tombé !
Lili s'étire jusqu'au bout des pieds, Lili s'étire,
Lili s'étend et se fait grande comme un géant !
Mimi le chat s'enfuit...
Lili s'étire, encore et encore...
Lapin Lapinou, livres adorés,
foulard de Maman, écharpe de Papa,
patatras ! patatras !

Lili bâille encore et encore, puis se pelotonne,
s'enroule comme une petite boule,
et s'endort toute petite, toute riquiqui,
dans son grand lit, ce lit si grand,
ce lit pas si géant...

L'île aux mille fleurs

Claire Jobert, illustrations de Virginie Sanchez

Hanna et son grand-père, le vieil Elias, vivaient seuls sur une île, dans un petit jardin au pied d'une montagne. Un jardin magnifique, plein de fleurs aux senteurs variées, où venaient chanter les oiseaux.

Le vieil homme et l'enfant s'occupaient du jardin avec amour et patience, semant, arrosant, désherbant sans relâche. Et chaque semaine, de bon matin, ils remplissaient leur barque de bouquets parfumés. Puis ils prenaient la mer vers le rivage d'en face, pour aller les vendre au marché du village. Et l'odeur salée du vent de mer se mêlait à l'arôme délicat des roses et des pivoines, au doux parfum de miel des brassées de tulipes.

Mais un jour, le volcan assoupi sous la montagne se réveilla. Le sol trembla, la montagne gronda, tous les oiseaux s'envolèrent. Même les dauphins qui venaient jouer près du rivage s'éloignèrent vers le large.

Mais le vieil homme l'appelait déjà :
– Vite, petite ! Dépêche-toi !
Hanna empoigna l'amphore. Mon Dieu,
qu'elle était lourde ! La fillette se rappela
soudain qu'Elias l'avait remplie d'huile
de maïs achetée la veille au marché.
Elle fit quelques pas en la tirant péniblement.
Mais Elias l'appela encore, et la montagne
grondait plus fort.

Hanna, désespérée, appuya l'amphore contre
un rocher, et se mit à courir jusqu'au rivage,
sans se retourner.
« Ce n'est qu'un très petit volcan,
se consola-t-elle. Peut-être ne brûlera-t-il
pas tout ? »

Hanna et son grand-père s'installèrent
sur le rivage d'en face dans une petite maison
abandonnée.
Les villageois les accueillirent avec bonté.
Ils leur offraient chaque jour le pain
de leur four, les œufs de leurs poules,
les fruits de leur verger.

Quand il vit la fumée s'échapper du sommet,
le vieil Elias dit à Hanna :
– Vite, petite ! Mets dans un baluchon
ce que tu aimes le plus, et partons !
– Et le jardin, Grand-père ?
demanda Hanna, désemparée.
Le vieil homme hocha la tête
sans répondre. Ses yeux étaient
pleins de larmes.

Or, ce qu'Hanna aimait le plus,
c'était les fleurs de leur jardin.
Pendant que son grand-père poussait
la barque vers le large, elle entreprit
d'arracher, éperdue, les plantes les plus
odorantes.

« Nous les replanterons ! » se dit-elle, tandis
que ses larmes lui coulaient sur les mains.
Et quand le pan de son tablier fut plein,
elle les glissa une à une dans la grosse
amphore qu'Elias utilisait pour arroser
le jardin.
« Je la remplirai d'eau, se dit-elle,
et les racines ne sècheront pas. »

Mais l'âge et le sel des larmes rendirent
aveugle le vieil Elias.
Quand le volcan s'apaisa enfin,
il prit la petite main d'Hanna dans la sienne,
et lui dit :
– Petite ! Retourne sur notre île, veux-tu ?
Et s'il reste quelques fleurs, rapporte-les-moi !
Leur senteur me réjouira le cœur.
Hanna ne trouva sur l'île qu'une étendue
de cendres. Le petit volcan avait tout brûlé.
Les violettes, les jasmins, la lavande
et les acacias, les roses et les lys, les fuchsias
et l'amaryllis, les glaïeuls et les iris.
Il ne restait rien. Plus une couleur,
plus une senteur, plus un chant d'oiseau.
Que rapporter au vieil Elias qui l'attendait
patiemment sur le rivage d'en face ?
Hanna, le cœur serré, s'assit contre
un rocher, et pleura tant qu'elle s'endormit.

Elle rêva de leur vie paisible d'autrefois,
de leur magnifique jardin plein de fleurs
qu'Elias arrosait avec sa grosse amphore...
Hanna s'éveilla en sursaut :
– L'amphore ! murmura-t-elle.

Elle creusa de ses mains les cendres près
du rocher. La grosse amphore était là,
intacte, encore tiède.
Hanna retira le bouchon formé par la lave.
Une étrange odeur s'en échappa,
qui l'étourdit un peu et lui réjouit le cœur.
Une odeur inconnue et familière à la fois.
En recouvrant l'amphore, la lave brûlante
du volcan avait chauffé l'huile de maïs
qu'elle renfermait. Toutes les fleurs
prisonnières à l'intérieur avaient répandu
dans l'huile leur délectable effluve,
la transformant en délicieux parfum.

Hanna tira l'amphore jusqu'à la barque,
soulagée de ne pas retourner les mains vides,
enchantée de son précieux fardeau.
Elle rapportait pour son grand-père tout
un jardin dans une amphore.
En s'éloignant de la rive, elle jeta un dernier
regard sur l'île au petit volcan qu'éclairait
le soleil couchant.
« Peut-être refleurira-t-elle un jour ? »
se dit-elle en voyant deux hirondelles
se poser sur la plage.
Et elle sourit en pensant à la joie d'Elias
quand il respirerait le merveilleux parfum,
et qu'il y retrouverait les odeurs de son jardin :
l'arôme de la rose et du jasmin, la senteur
de la myrrhe et du muguet, de la lavande
et de l'œillet.

Cette histoire se passait il y a fort longtemps,
si longtemps que nul ne se souvient sans
doute ni d'Hanna, ni d'Elias, ni de l'île
au petit volcan. Mais c'est peut-être depuis
lors que, pour se réjouir le cœur,
les hommes enferment dans des flacons
le doux parfum des fleurs.

Ma mère est une sorcière

Agnès Bertron-Martin, illustrations de Myriam Mollier

Je m'appelle Pirella, et si vous voulez
une preuve de l'existence des sorcières,
la voilà : ma maman est une sorcière !
Une vraie, une formidable sorcière !
Avoir une maman sorcière, c'est vraiment
du tonnerre ! Notre maison est remplie
de flacons, de lotions et de chaudrons !

Maman et moi, quand on fait la cuisine,
ce n'est pas pour préparer des gâteaux
au chocolat ! Non, c'est bien mieux que ça !
Nous, on prépare des soupes de queues
de rats et de limaces vertes, des purées
de pattes d'araignées, et des gelées
de serpents à sonnette.

Le soir, je fais réciter à Maman ses formules
magiques. C'est très compliqué, et Maman
doit souvent réviser. Quelquefois,
elle se trompe et me transforme en corbeau
ou en poireau. Ou bien elle oublie
ses formules ; alors elle s'énerve et,
de rage, me transforme encore en corbeau
ou en poireau.
Mais elle est tellement désolée que pour se
faire pardonner, elle fait tout ce que je veux...
Elle m'emmène faire un tour sur son balai
magique, au-dessus de la tour Eiffel,
et toute la nuit, on fait des loopings
dans Paris. Elle fait apparaître sous mon nez
des montagnes de croissants tout chauds !

J'aime bien, et ça change des pattes d'araignées !
Ah, on passe de bons moments, Maman et moi !
Et attention, il ne faut pas m'embêter, sinon gare ! Elle a transformé en statues tous les chiens qui aboyaient sur mon chemin. Et quand je vais à l'école à vélo, elle suspend les voitures dans les arbres pour éviter les accidents.
Mais Maman a un vrai, un épouvantable caractère de sorcière et, quand elle se met en colère, le pire peut arriver. Et hier...
c'est justement le pire qui est arrivé !
Hier, Maman est allée voir ma maîtresse.
– Mademoiselle Yoyo, vous devriez parler des sorcières en classe ! Je suis sûre que les enfants adoreraient ça !
Mademoiselle Yoyo, qui ne savait pas à qui elle avait affaire, a ri en plissant les yeux :
– Vous savez bien que les sorcières n'existent pas ! Ce n'est vraiment pas la peine de parler aux enfants de ces personnages ridicules !
Alors, Maman est entrée dans une colère noire. Ses yeux sont devenus rouge vif. Elle a écarté tout grand ses dix doigts, a craché quelques mots stridents et, aussitôt, Mademoiselle Yoyo s'est retrouvée transformée en un affreux crapaud plein de pustules !

J'étais vraiment embêtée parce que, moi, je l'aime bien ma maîtresse !
Maman était très contente d'elle.
– Mademoiselle Yoyo, maintenant, c'est vous qui êtes un personnage ridicule !
Et nous avons quitté l'école.
– Dépêche-toi Pirella ! J'ai un grand repas à préparer ! m'a dit Maman.

En effet, ce soir-là, elle attendait ses copines sorcières, qu'elle n'avait pas vues depuis des mois ! Maman s'est précipitée dans sa cuisine. Elle a sorti du placard des mixers, des batteurs, des pilons, des râpes.

Elle a préparé un festin de bave d'escargot
montée en chantilly, de soufflé à la limace,
et de flan de pieuvre.
Et, à la nuit tombée, ces dames sont
arrivées, les unes après les autres,
sur leur balai. Si vous saviez comme
les sorcières sont bavardes ! Quand elles sont
ensemble, elles crient, elles piaillent.
Je m'ennuyais ferme : Maman ne faisait
plus du tout attention à moi ! Elle était
bien trop occupée à échanger des formules
et des recettes ! Toute seule dans mon coin,
je ne pouvais pas m'empêcher de penser
à Mademoiselle Yoyo. Je m'inquiétais
pour elle. Alors, j'ai enfilé mon blouson,
et je suis sortie.

L'école n'était pas très loin, cachée derrière
un grand portail vert épinard.
J'ai eu du mal, mais j'ai réussi à l'escalader.
J'ai sorti une lampe de ma poche, je me suis
mise à quatre pattes, et j'ai parcouru la cour
de long en large. Et tout à coup, je l'ai vue !
Elle était là, blottie contre la porte
de la classe, avec sa peau verte et brune,
ses pattes palmées, sa grande bouche
et ses pustules. Je me suis agenouillée,
et je lui ai dit :
— Mademoiselle Yoyo, je suis désolée.
Comptez sur moi, je vais vous tirer de là !
J'ai repensé aux heures que j'avais passées
avec Maman à réciter des formules
magiques, et je me suis dit que ça allait enfin

me servir. J'ai essayé toutes les phrases
qui me revenaient en mémoire :
– *Patoloc, Folivoc, Tapatoc, voilà le choc !*
Quivalac, Seralac, Atouvac, c'est dans le sac !
Zigoulic, Patlabic, Abolic, c'est moi la plus
magique !
Rien ne marchait ! Et je commençais
à mélanger toutes les formules. Je me suis
dit que le mieux, c'était encore d'inventer
des formules nouvelles.
En regardant Mademoiselle Yoyo droit dans
les yeux, j'ai déclamé d'une voix solennelle :
– *Sorcière entre toutes les sorcières,*
que la magie m'éclaire du ciel à la terre,
et que l'affreux crapaud se change illico,
en belle demoiselle Yoyo !
Mademoiselle Yoyo a poussé un « coâ »
sinistre ! Cela ne marchait pas,
j'étais catastrophée !
Alors, je me suis énervée moi aussi,
comme Maman tout à l'heure : j'ai ébouriffé
mes cheveux, j'ai frappé le sol du pied
en faisant de gros yeux, j'ai crié, j'ai craché,
je me suis roulée par terre !

Pourtant, malgré tous mes efforts,
Mademoiselle Yoyo ne retrouvait pas,
mais alors pas du tout, ses cheveux bouclés
ni ses longues jambes d'institutrice.
Elle continuait à me regarder de ses grands
yeux de crapaud, effrayée, désespérée.
Je me suis calmée.

J'ai pris Mademoiselle Yoyo dans mes mains,
et je me suis assise sur le banc,
sous le marronnier.
– Je suis désolée, Mademoiselle Yoyo !
Je suis fille de sorcière, mais je ne suis pas
encore sorcière, moi-même ! Je suis trop
jeune ! Il n'y a que Maman qui puisse vous
délivrer.
Puis, comme il faisait très froid, je l'ai mise
sous mon pull pour la réchauffer… et, toutes
les deux, nous nous sommes endormies
sur le banc !

Le jour commençait juste à se lever
quand Maman est arrivée sur son balai,
dans une bourrasque glacée. Elle était suivie
d'une foule de sorcières que je ne connaissais
pas. Et, dans la cour de l'école, c'était un sacré
embouteillage de balais. Maman s'est précipitée
vers moi et m'a prise dans ses bras.

– Pirella, ma chérie ! Enfin, te voilà !
J'étais folle d'inquiétude ! Je t'ai cherchée
partout ! J'ai alerté toutes les sorcières
de la Terre. Nous avons arrêté la circulation,
et nous avons mis sens dessus dessous
tous les immeubles de Paris. J'ai même
vidé la Seine : j'avais peur que tu sois
tombée à l'eau !
Je faisais bien attention à ne pas me serrer
trop fort contre Maman pour ne pas écraser
Mademoiselle Yoyo. Les autres sorcières,
gênées par ces embrassades, ont fini par
s'éparpiller dans le ciel en tournant le dos
au soleil levant. Et nous nous sommes
retrouvées seules, Maman et moi.
Je me suis dit : « Pirella, c'est le moment
ou jamais de sauver ta maîtresse ! »
Mais je n'osais pas sortir Mademoiselle Yoyo.
J'avais peur que Maman se mette à nouveau
en colère.

Pour gagner du temps, j'ai dit :
– J'aimerais bien voir comment tu vas t'y prendre pour ranger tout le fouillis que tu as mis dans Paris. Cela ne va pas être facile !
– Pas de problème, ma chérie ! Monte sur mon balai. Tu vas voir de quoi je suis capable !

Nous avons décollé aussi sec. Et hop ! Un coup de baguette par-ci, un looping par-là ! En deux temps trois mouvements, et quelques formules bien cadencées, Maman a rétabli la circulation, rangé les immeubles, et rempli la Seine. En descendant du balai magique, j'ai perdu l'équilibre, et j'ai laissé échapper Mademoiselle Yoyo. Je crois que les loopings lui avaient donné mal au cœur. Elle avait une drôle de couleur. Maman l'a prise dans ses mains.
– Mais Pirella, où as-tu eu ce ravissant petit crapaud ?
Vous savez, les sorcières ont une très mauvaise mémoire...
– Eh bien, ma petite maman...
Tu te souviens... Quand tu es venue me chercher à l'école...
– J'avais oublié l'école ! Il est presque 9 heures. La maîtresse va être furieuse.
Alors là, j'ai respiré un grand coup.

– Eh bien justement, Maman, la maîtresse, la voilà...
Maman a poussé un cri.
– Ah oui, je me souviens ! J'avais décidé de délivrer Mademoiselle Yoyo avant le dîner, mais j'étais si occupée... Bon, bon, je vais arranger ça. Ne t'inquiète pas, Pirella, Mademoiselle Yoyo ne se souviendra de rien !
Aussitôt, Maman a fait gigoter sa baguette au-dessus de Mademoiselle Yoyo, qui s'est mise à tourner comme une toupie.
Quand la toupie s'est arrêtée, Mademoiselle Yoyo avait retrouvé son doux visage d'institutrice, et moi, j'étais dans la cour, mon cartable à la main.

La cloche a sonné. Tous les enfants se sont engouffrés dans la cour, et Maman s'est sauvée en me faisant un clin d'œil.
Mademoiselle Yoyo a tapé dans ses mains.
– En rang les enfants ! Ce matin, je vais vous raconter des histoires de sorcières vraiment extraordinaires !
Puis elle s'est dirigée vers la classe.
Et là, tout le monde a remarqué sa drôle de démarche. Mademoiselle Yoyo sautillait, sautillait, sans arrêt... Et ça lui donnait un petit air très gai !

Il était une fois un homme fort riche
dont la femme tomba malade et mourut.
Il resta seul avec leur unique fille,
qui était d'une douceur et d'une bonté
sans exemple ; elle tenait cela de sa mère,
qui était la meilleure personne du monde.
Peu après, le père prit pour seconde épouse
une femme, la plus hautaine et la plus fière
qu'on eût jamais vue.
Elle avait deux filles de son caractère
et qui lui ressemblaient en toutes choses ;
elles étaient jolies et blanches de visage
mais vilaines et noires de cœur.

Les noces ne furent pas plus tôt faites que
la belle-mère fit éclater sa mauvaise humeur.
Elle chargea la jeune fille des plus dures
occupations de la maison : c'était elle qui
devait faire la lessive et récurer la vaisselle,
frotter les escaliers et les chambres.

Elle couchait tout au haut de la maison,
dans un grenier, sur une mauvaise paillasse,
pendant que ses sœurs étaient dans
des chambres confortables et dormaient
dans des lits moelleux.

La pauvre fille souffrait tout avec patience,
et n'osait s'en plaindre à son père,
car elle ne voulait pas lui causer du souci.
Le soir, exténuée de sa journée,
elle allait se mettre au coin de la cheminée,
et s'asseoir dans les cendres, c'est pourquoi
ses méchantes sœurs l'appelaient Cendrillon.
Cependant, avec ses pauvres habits,
elle était cent fois plus belle que ses sœurs,
quoique vêtues très magnifiquement.

Il arriva que le fils du roi donna un bal,
et qu'il invita toutes les jolies demoiselles
du pays.

Quand les deux sœurs apprirent qu'elles
y étaient conviées, elles furent transportées
de joie et ne pensèrent plus qu'à leur toilette.
– Moi, dit l'aînée, je mettrai mon habit de
velours rouge et ma garniture de dentelle.
– Moi, dit la cadette, je mettrai ma cape brodée
de fleurs d'or et mon collier de diamants.
Et elles étaient toujours devant leur miroir.

Enfin l'heureux jour arriva.
Les deux sœurs appelèrent Cendrillon.
– Fais briller nos chaussures ! dit l'aînée.
– Coiffe-nous et serre-nous bien dans
nos ceintures, dit la cadette. Nous devons
être les plus belles !

Une autre que Cendrillon les aurait coiffées
de travers ; mais elle était bonne,
et elle les coiffa parfaitement bien.
Elle rompit plus de douze lacets à force
de les serrer pour leur rendre la taille
plus menue.

Enfin elles partirent et Cendrillon les suivit
des yeux le plus longtemps qu'elle put.
Lorsqu'elle ne les vit plus,
elle se mit à pleurer.
Sa marraine, qui la vit tout en pleurs,
lui demanda ce qu'elle avait.
– Je voudrais bien… je voudrais bien…
Elle sanglotait si fort qu'elle ne put achever.

Sa marraine, qui était fée, lui dit :
– Tu voudrais bien aller au bal, n'est-ce pas ?
– Hélas ! oui ! dit Cendrillon en soupirant.
– Eh bien, dit sa marraine, je t'y ferai aller !
Elle la mena dans sa chambre et lui dit :
– Va dans le jardin et apporte-moi
une citrouille.
Cendrillon rapporta à sa marraine
la plus belle citrouille qu'elle put trouver,
ne pouvant deviner comment cette citrouille
la pourrait faire aller au bal.
Sa marraine la creusa, et n'ayant laissé
que l'écorce, la frappa de sa baguette.
La citrouille fut aussitôt changée
en un beau carrosse tout doré.

Ensuite elle alla regarder dans sa souricière,
où elle trouva six souris toutes en vie.
Elle dit à Cendrillon de lever un peu la trappe
de la souricière, et à chaque souris qui sortait,
elle donnait un coup de sa baguette,
et la souris était aussitôt changée en un beau
cheval ; ce qui fit un bel attelage de six
chevaux, d'un beau gris de souris pommelé.
Après cela, sa marraine dit à Cendrillon :
– Va voir s'il n'y a pas quelque rat dans
la ratière, nous en ferons un cocher.
Cendrillon lui apporta la ratière, où il y avait trois
gros rats. La fée en prit un, et, l'ayant touché,
il fut changé en un gros cocher, qui avait les
plus belles moustaches qu'on ait jamais vues.

Ensuite elle dit à Cendrillon :
– Va dans le jardin, tu y trouveras six lézards
derrière l'arrosoir, apporte-les-moi.
Elle ne les eut pas plus tôt apportés,
que la marraine les changea en six laquais,
qui montèrent aussitôt derrière le carrosse
avec leurs habits chamarrés.

La fée dit alors à Cendrillon :
– Eh bien, voilà de quoi aller au bal ;
n'es-tu pas bien aise ?
– Oui, mais est-ce que j'irai comme cela,
avec mes vilains habits ?
Sa marraine ne fit que la toucher avec
sa baguette, et aussitôt ses habits furent

changés en des habits de drap d'or et d'argent
tout brodés de pierreries.
Elle lui donna ensuite une paire de pantoufles
de verre, les plus jolies du monde.

Quand elle fut ainsi parée,
Cendrillon monta en carrosse.
– Va, maintenant, dit sa marraine.
Mais attention, ne t'attarde pas au bal.
Car passé le douzième coup de minuit, ton
carrosse redeviendra citrouille, tes chevaux
des souris, tes laquais des lézards,
et tes vieux habits reprendront
leur première forme.

Cendrillon promit à sa marraine qu'elle ne manquerait pas de sortir du bal avant minuit. Elle partit, ne se sentant pas de joie.

Le fils du roi, averti qu'il venait d'arriver une princesse qu'on ne connaissait pas, courut la recevoir. Il lui donna la main à la descente du carrosse, et la mena dans la salle où était la compagnie. Il se fit alors un grand silence ; on cessa de danser, et les violons ne jouèrent plus, tant on était attentif à contempler les grandes beautés de cette inconnue. On n'entendait qu'un bruit confus : – Ah ! qu'elle est belle ! Le roi même, tout vieux qu'il était, ne se lassait pas de la regarder, et de dire tout bas à la reine qu'il y avait longtemps qu'il n'avait vu une si belle et si aimable personne. Toutes les dames étaient attentives à considérer sa coiffure et ses habits pour en avoir dès le lendemain de semblables.

Le fils du roi la prit par la main pour la mener danser. Elle dansa avec tant de grâce, qu'on l'admira encore davantage. Puis Cendrillon alla s'asseoir auprès de ses sœurs, et leur fit mille politesses ; elle partagea avec elle des oranges et des citrons que le prince lui avait donnés, ce qui les étonna fort, car elles ne la connaissaient pas.

Lorsqu'elles causaient ainsi, Cendrillon entendit sonner onze heures trois quarts : elle fit aussitôt une grande révérence à la compagnie, et s'en alla le plus vite qu'elle put.

Dès qu'elle fut arrivée, Cendrillon alla trouver sa marraine, et après l'avoir remerciée, elle lui dit qu'elle souhaiterait bien aller encore le lendemain au bal, parce que le fils du roi l'en avait priée.

Elle racontait à sa marraine tout ce qui s'était passé au bal, quand les deux sœurs heurtèrent à la porte. Cendrillon alla leur ouvrir.

– Que vous êtes longtemps à revenir ! dit-elle en bâillant, en se frottant les yeux et en s'étirant comme si elle venait de se réveiller.

– Si tu étais venue au bal, lui dit une des sœurs, tu ne t'y serais pas ennuyée. Il y est venu la plus belle princesse qu'on puisse jamais voir ; elle nous a fait mille gentillesses.

Cendrillon ne se sentait pas de joie : elle leur demanda le nom de cette princesse ; mais elles lui répondirent qu'on ne la connaissait pas, que le fils du roi donnerait toutes choses au monde pour savoir qui elle était.

Cendrillon sourit, et leur dit :

– Elle était donc bien belle ? Mon Dieu, que vous êtes heureuses, ne pourrais-je pas la voir ? Hélas ! Mademoiselle Javotte, prêtez-moi votre habit jaune que vous mettez tous les jours.

– Vraiment, prêter ma robe à une vilaine Cendrillon comme cela : il faudrait que je fusse bien folle.

Cendrillon s'attendait à ce refus, et elle en fut bien aise ; car elle aurait été grandement embarrassée si sa sœur eût bien voulu lui prêter son habit !

Le lendemain les deux sœurs furent au bal, et Cendrillon aussi, mais encore plus parée que la première fois. Le fils du roi fut toujours auprès d'elle, et ne cessa de lui conter des douceurs.

La jeune demoiselle ne s'ennuyait pas, et oublia ce que sa marraine lui avait recommandé. Elle ne vit pas les heures passer. Quand elle entendit sonner le premier coup de minuit, elle se leva et s'enfuit aussi légèrement qu'aurait fait une biche.

Le prince la suivit, mais il ne put l'attraper. Elle laissa tomber une de ses pantoufles de verre, que le prince ramassa bien soigneusement.

et si promptement qu'elle avait laissé tomber une de ses petites pantoufles de verre, la plus jolie du monde. Le fils du roi l'avait ramassée, et n'avait fait que la regarder pendant tout le reste du bal. Assurément, il était fort amoureux de la belle personne à qui appartenait la petite pantoufle.

Elles dirent vrai, car peu de jours après, le fils du roi fit proclamer à son de trompe qu'il épouserait celle dont le pied serait bien juste à la pantoufle. On commença à l'essayer aux princesses, ensuite aux duchesses et à toutes les dames de la cour ; mais inutilement. On la porta chez les deux sœurs, qui firent tout leur possible pour faire entrer leur pied dans la pantoufle mais elles ne purent en venir à bout.

Cendrillon qui les regardait, et qui reconnut sa pantoufle, dit en riant :
– Que je voie si elle ne m'irait pas !
Ses sœurs se mirent à rire et à se moquer d'elle.
Le gentilhomme qui faisait l'essai de la pantoufle, ayant regardé attentivement Cendrillon, et la trouvant fort belle, dit que cela était juste, et qu'il avait ordre de l'essayer à toutes les filles.
Il fit asseoir Cendrillon et, approchant la pantoufle de son petit pied, il vit qu'elle y entrait sans peine, et qu'elle lui allait à la perfection.

Cendrillon arriva chez elle bien essoufflée, sans carrosse, sans laquais, et avec ses vilains habits. Rien ne lui était resté de toute sa magnificence sauf une de ses petites pantoufles, la pareille de celle qu'elle avait laissé tomber.
On demanda aux gardes de la porte du Palais s'ils n'avaient point vu sortir une princesse ; ils dirent qu'ils n'avaient vu sortir personne, sauf une jeune fille fort mal vêtue, et qui avait plus l'air d'une paysanne que d'une demoiselle.

Quand ses deux sœurs revinrent du bal, Cendrillon leur demanda si elles s'étaient encore bien diverties, et si la belle dame y avait été. Elles lui dirent que oui, mais qu'elle s'était enfuie lorsque minuit avait sonné,

L'étonnement des deux sœurs fut grand, mais plus grand encore quand Cendrillon tira de sa poche l'autre petite pantoufle, qu'elle mit à son pied.

À cet instant, arriva la marraine. D'un seul coup de sa baguette, les habits de Cendrillon devinrent encore plus magnifiques que tous les autres.

Alors les deux sœurs la reconnurent pour être la belle personne qu'elles avaient vue au bal. Elles se jetèrent à ses pieds, pour lui demander pardon de tous les mauvais traitements qu'elles lui avaient fait souffrir.

Cendrillon les releva, et leur dit, en les embrassant, qu'elle leur pardonnait de bon cœur, et qu'elle les priait de l'aimer bien toujours.

On mena Cendrillon chez le jeune prince, parée comme elle était : il la trouva encore plus belle que jamais, et peu de jours après, il l'épousa.

Cendrillon, qui était aussi bonne que belle, fit loger ses deux sœurs au palais, et les maria, dès le jour même, à deux grands seigneurs de la cour.

Personne ne m'aime

Geneviève Noël, illustrations d'Hervé Le Goff

Hop, Mélanie bondit hors de son lit
en chantant :
*Youpi la lère, aujourd'hui c'est mon
anniversaire à moi !*
Mais zut alors, personne ne répond.

Très étonnée Mélanie crie :
– Papa, Maman, c'est mon anniversaire.
Alors, je veux manger un camembert chaud
et une soupe au gruyère.
Mais ça alors, Papa et Maman Souris
ne sont pas dans la cuisine.
Ils ont oublié Mélanie.

Vexée, Mélanie grogne :
– C'est mon anniversaire. Mamie,
raconte-moi une belle histoire.
Mais Mamie ne se balance pas dans
son fauteuil à bascule. Elle est partie
se promener.
Elle a oublié Mélanie.
Furieuse, Mélanie galope jusqu'au jardin.
– Papi, c'est mon anniversaire. Viens jouer
à cache-cache avec moi.
Papi ne répond pas. Il est parti acheter
des fromages au marché.
Il a oublié Mélanie.

Très énervée, Mélanie va sonner à la porte
de Camomille, sa meilleure copine.
Mais Camomille est partie jouer avec
une autre copine.
Elle a oublié Mélanie.
Craac, le cœur de Mélanie se casse en quatre.
Elle rentre chez elle en hurlant :
– *Ouin, in in*, personne ne m'aime ! Je suis
une petite souris abandonnée.

Bing, Mélanie donne un coup de patte
dans la porte de sa maison. La porte s'ouvre.
Et Mélanie se trouve nez à nez avec
son papa, sa maman, sa mamie,
son papi et sa copine Camomille.
Ils ont des cadeaux plein les pattes,
de l'amour plein les yeux.
Et ils chantent :
Bon anniversaire Mélanie !

Mère Citrouille

Anne-Marie Chapouton, illustrations de Gérard Franquin

Charlotte a fait une ÉNORME bêtise.
Mais alors, vraiment ÉNORME ! Si énorme
qu'on ne peut même pas dire ce qu'elle a fait.
Et Charlotte a reçu une énorme fessée...
– Ça suffit... j'en ai assez des fessées,
dit Charlotte. Et puisque c'est comme ça,
je m'en vais chez la mère Citrouille,
et on verra ce qu'on verra, na !
Et Charlotte s'en va.
La mère Citrouille habite au bord de la forêt,
dans un trou de rocher, avec un chat noir
de mauvaise humeur, et un corbeau
qui dit des gros mots.
En ce moment, la mère Citrouille surveille
son bouillon qui gargouille. Elle ajoute
des petits trucs de temps en temps :
un poil de navet, du pipi de grenouille
et un paquet de nouilles. Encore quelques
toiles d'araignées, un peu de sucre,
un peu de sel, un zeste de citron frais,
et c'est prêt...

– Voilà qui guérira le père Screugneugneu
de sa mauvaise humeur.
Mère Citrouille est ravie,
et crache sur son chat qui n'aime pas ça.
– Tiens ! Mais c'est une fillette,
saperlipopette ! Que veux-tu petite horreur ?
Allons, entre, n'aie pas peur !
– Eh bien, Mère Citrouille, dit Charlotte,
voilà. C'est ma mère. Elle m'embête.
Et elle me donne des fessées.
Pouvez-vous m'aider ?

– Je vois. Assieds-toi. Je m'en vais lui préparer un bon petit remède à ma façon.
D'abord, Mère Citrouille pèle une carotte géante. Puis elle la met dans son râpeur automatique qui fait « clic clic clic ».
Bientôt, le jus coule dans le chaudron.
Puis elle ajoute : un paquet d'orties passées à la moulinette, de la poudre de saperlipopette, et puis elle tourne, et se met à crier :
– Passe-moi le vinaigre, petite horreur !
Charlotte lui passe le vinaigre.
Le chat lui fait « PCHHHT » au passage et le corbeau lui crie toutes les dix secondes des choses terribles :
– Miel de concombre et tacatata, petite siphonnée, je vais te picorer le nez !
Mère Citrouille continue son mélange sur le feu. Elle ajoute encore un gros pot de cirage noir. Puis elle prend un bâton et le trempe dans la crème épaisse.
Décidément, ça ne sent pas très bon !
– Tiens, voilà, petite horreur. Donne ça à sucer à ta mère, et tout ira mieux entre vous. Ça fait... voyons... douze billes et un boulard.
« C'est un peu cher », se dit Charlotte.

Mais elle tire les billes de sa poche et les tend à la mère Citrouille qui grogne :
– Ne te plains pas du prix, petite horreur.
C'est un truc extraordinaire que je te donne là. Tu verras...
– On dirait une sucette...
– Bien sûr que c'est une sucette, petite horreur. Que ça peut être bête, ces enfants !
Allons, fiche-moi le camp ! J'ai d'autres bouillons à faire bouillir.

Et Charlotte s'en va.
En chemin, elle s'arrête dans un champ
rempli de pâquerettes.
« Tiens, voilà Gémini, le poney. »
Gémini, c'est le grand ami de Charlotte.
Elle le caresse, il la lèche. Et, au passage...
il flanque un grand coup de langue
à la sucette. Ça alors... Voici que sur la tête
de Gémini, juste entre les deux oreilles,
il vient de pousser une corne, une corne
à rayures du plus étrange effet.

– Heu... au revoir, Gémini, lui crie Charlotte
qui s'éloigne en courant et en disant :
– Pourvu que l'effet de la sucette ne dure
pas trop longtemps...
Au détour du chemin, voici Castagnette,
la chatte des voisins, qui vient d'avoir sept
petits la semaine dernière.

– Castagnette, ma minette, qu'ils sont jolis
tes petits !
Et, tandis que Charlotte câline la petite
chatte qui ronronne, les sept petits lèchent
gentiment la sucette… évidemment.
Et voilà ! Les sept bébés chats se couvrent…
de plumes. Puis il leur pousse deux belles
ailes à chacun, et ils s'envolent tous les sept,
comme ça, *Vrouf !*
– Eh, mes enfants ! crie Castagnette, affolée.
– Lèche, vite, répond Charlotte en lui
tendant la sucette, et tu les rejoindras.
En effet, sitôt Castagnette a-t-elle léché
la sucette qu'elle se couvre, elle aussi,
de plumes et s'envole, assez maladroitement
d'ailleurs, en miaulant.
« Malheur, se dit Charlotte, je trouve
que cette sucette a des effets bien curieux.
Et qu'est-ce que ça donnerait dans la mare ? »

Charlotte trempe sa sucette dans l'eau
qui devient orange. Les nénuphars
se gonflent brusquement et s'envolent
en grosses bulles blanches. La grenouille,
bien tranquille, se couvre de pastilles roses
et se met à faire : « Hi han, hi han… ! »
Quant aux roseaux, au bord de la mare,
ils se transforment en spaghettis tout ramollis,
et pendent lamentablement sur l'eau.
« Eh bien, je ne m'attendais pas
à tout ça, se dit Charlotte ébahie.
Maintenant il faut rentrer. »
Mais lorsqu'elle retire la sucette de la mare,
il ne reste qu'un bâton : tout le reste a fondu.
Charlotte s'éloigne, en se demandant
ce qui a bien pu arriver aux têtards,
au fond de la mare… Ont-ils eu la rougeole ?

En chemin, Charlotte se dit : « Allons, tant pis pour la sucette. De toute façon, c'était une punition de Maman un peu grosse pour une fessée au fond pas si grosse que ça... et pour une bêtise assez grosse... »

Pauvre Maman... Elle ne sait pas à quoi elle a échappé. Elle aurait pu se couvrir de plumes et s'envoler.
Ou devenir toute rouge.
Ou encore faire « Hi han hi han... »
Ou encore avoir une grosse corne, là, sur le front...

La voilà, cette maman, qui ouvre la porte
et dit :
– Tu rentres trop tard, Charlotte, tu auras
pris froid…
Charlotte est un peu embarrassée. Elle tient
le bâton de sucette dans sa main, d'un air
un peu stupide… Et voici que le bâton se met
à grandir, GRANDIR, qu'il se transforme
en une fleur avec des tas de pétales bleus
et violets. Une fleur comme on n'en voit
presque jamais, tellement elle est belle.

Maman trouve la fleur si extraordinaire
qu'elle la met dans le grand vase
de porcelaine de Ching Chong Chang.
Et elle fait un énorme baiser à Charlotte.
Et, depuis ce jour, tout va bien entre
Charlotte et sa maman.
Quant à la mère Citrouille, qui est toujours
au courant de tout, elle rigole doucement
en tournant son bouillon qui gargouille.

Ma mère est une fée

Agnès Bertron-Martin, illustrations de Myriam Mollier

Je suis sûre que vous aimeriez rencontrer
une fée ! Tout le monde en rêve !
Et cette fée, vous lui demanderiez quelques
coups de baguette pour embellir votre vie !

Et bien moi, une fée, j'en connais une !
Une vraie fée avec des cheveux qui traînent
par terre et qui sentent bon la rosée,
des robes couleur de brume,
et une baguette magique qui vous
enveloppe de poussières d'étoile.

Cette fée, c'est ma maman !
Et si vous pensez que ma vie est merveilleuse,
et bien vous vous trompez !
J'ai un problème avec ma maman :
elle travaille trop !
Ah ! Si seulement on pouvait rester seules
toutes les deux, Maman et moi.
Mais rien à faire.

Les fées, c'est très occupé ! Être gentille,
c'est leur métier. Et comme Maman
est la plus gentille de toutes les fées,
elle est carrément débordée.

Dès qu'on s'installe quelque part, Maman
transforme la vie des voisins, avec douceur
et magie. Comme ça, avec de petits coups
de baguette, l'air de rien.
Elle répare les vélos, les accrocs, les lavabos.
Elle aide les bébés à s'endormir.
Elle sèche les larmes, efface les drames.
Elle apaise les chagrins, et sort tout le monde
du pétrin en un tour de main.

Alors, on est tout de suite repérés
dans le quartier.
Notre maison est pleine du matin au soir.
On l'aime vraiment beaucoup trop,
ma maman-fée.

Je voudrais tellement la garder pour moi
toute seule, au moins de temps en temps !
Mais rien à faire.
Dès que tout va bien, *hop !* on déménage
dans une nouvelle ville. Et tout recommence.
Jamais elle ne sera fatiguée, ma maman-fée,
jamais elle n'en aura assez d'être gentille !
Malheureusement...

Un jour, j'en ai eu assez, assez, assez !
Je ne suis pas une fée, moi !
Je ne suis pas toujours calme et gentille,
moi ! Ah, non alors !

Pendant que Maman prenait son bain
de mousse magique, ultra-parfumée,
celle qui lui rend, en un instant, sa peau
de bébé, j'ai bondi sur sa baguette
et je l'ai cassée en mille morceaux.
Vite, j'ai tout caché sous son lit.

Quand Maman est sortie de la salle de bains,
elle s'est étonnée :
– Tiens, il me semblait avoir posé
ma baguette sur ce fauteuil ! Tu ne l'aurais
pas vue par hasard, Stella ?

J'ai répondu en regardant ailleurs :
– Ta baguette ? Non ! Pas vue !

Maman a cherché partout : sur les fauteuils,
dans la baignoire, dans la poubelle, derrière
les armoires, dans ses poches et ses pots
de crème.
Elle était désolée.
Sans baguette, impossible de travailler.
Alors, elle s'est recouchée pour faire
la grasse matinée.

Quand la sonnette a retenti, elle m'a suppliée :
– S'il te plaît, ma chérie, renvoie tout
le monde aujourd'hui. Je ne veux pas
qu'on me voie sans baguette.

Pas besoin de me le dire deux fois.
J'ai collé un morceau de carton sur notre
porte. Dessus j'avais écrit :
« Défense absolue de sonner.
Danger de mort. »

Aussitôt, quel calme !
J'ai apporté à Maman son petit déjeuner
au lit.

Et là, une journée pleine d'ennuis
et de tracas a commencé,
une journée absolument délicieuse !

D'abord, Maman a renversé le thé sur le drap.
Elle aurait voulu arranger ça d'un coup
de baguette. Mais je lui ai dit :
– Ne t'en fais pas, ça séchera.

Ensuite, nous sommes allées nous promener
dans la campagne : le ciel était plein
de nuages noirs que Maman ne pouvait pas
chasser et il s'est mis à pleuvoir !
Maman et moi, nous avions les cheveux
tout collés et c'était amusant de ressembler
à des monstres marins.
En plus, Maman s'est inquiétée.
Elle m'a dit avec un air que je ne lui
connaissais pas :
– Ma chérie, tes pieds ne sont pas
trop mouillés ?

Ensuite, on a joué à chat perché et j'ai gagné
parce que Maman s'est emmêlée les pieds
dans ses cheveux.
Le soir, elle a fait brûler les spaghettis
et son flan était tout raplapla. J'adorais ça !
Cette journée ratée a été une journée
splendide pour moi. Maman était décoiffée
et faisait des tas de bêtises,
mais elle ne s'occupait que de moi.
J'aurais aimé que cela dure toujours !

Le lendemain, en allant au marché,
les choses ont commencé à se gâter.
Sur la route, nous croisons un petit garçon
qui fait du vélo. Tout à coup, il perd l'équilibre
et roule sur le pied d'une petite fille.

Elle attrape sa chaussure à deux mains
en criant :
– Ouille, ouille, ouille !
Et *vlan !* Elle lâche la bouteille d'huile
qu'elle tenait sous son bras.
L'huile se répand et les piétons glissent.

Maman était vraiment triste de ne rien
pouvoir faire.
Elle courait partout en essayant d'arranger
les choses mais, elle aussi, elle a glissé
sur l'huile…

À partir de ce moment-là, Maman ne s'est
plus amusée du tout dans sa nouvelle vie
sans magie. Elle me disait :
– Regarde, Stella, une petite fille qui va
se faire gronder, une maman qui a mal
aux dents, une maison qui brûle, un papa
qui n'aura jamais fini son travail !

Ma maman voyait les chagrins des autres
et elle était aussi malheureuse que si c'était
ses chagrins à elle.
Elle avait perdu sa baguette,
mais pas sa gentillesse de fée.

Un matin, je me suis glissée dans son lit.
J'étais décidée à lui dire toute la vérité pour
qu'elle retrouve le sourire. Mais c'est elle
qui a parlé la première. Elle m'a dit :
– Stella, puisque je ne peux plus compter
sur la magie, j'ai décidé d'apprendre à tout
faire. Comme ça, je pourrai aider les autres,
même sans baguette. Alors, aujourd'hui,
je n'aurai pas beaucoup de temps
à te consacrer car j'ai un programme chargé.

Maman avait décidé d'apprendre à réparer
les voitures et tous les autres instruments
mécaniques comme les friteuses
ou les télescopes.
Elle voulait aussi savoir coudre, sculpter,
chanter, peindre et danser.
Il lui semblait indispensable de savoir
escalader, sauter en parachute et plonger.
Et il était obligatoire, disait-elle, qu'elle sache
soigner les plantes, les animaux et les gens.

J'ai passé ma journée toute seule.

Et le soir, quand Maman est rentrée pleine
de cambouis et de bosses partout, elle a posé
une énorme pile de livres sur la table :
elle voulait les apprendre par cœur.

Maman travaillait encore plus qu'avant.
C'était vraiment énervant !

Un soir, j'en ai eu assez. Je ne suis pas
une fée, moi. Ah, non alors !
Je suis allée chercher les petits bouts
de baguette sous le lit de Maman, je les ai
jetés sur la table et je me suis mise à crier :
– J'en ai assez d'avoir une maman-fée !

Vous croyez peut-être que Maman
m'a grondée ?
Vous pensez que j'ai reçu une bonne fessée ?
On voit bien que vous ne connaissez pas
les fées.
Maman a rassemblé tous les mini-morceaux
de baguette.

Elle les a tritouillés avec de doux gestes et *hop !* la baguette s'est reconstituée.

Ensuite, elle a posé sur moi ses yeux pleins de bonté et c'était comme si elle lisait dans mon cœur.
Soudain, elle m'a serrée dans ses bras en riant :
– Stella, tu as tout à fait raison.
Je travaille beaucoup trop pour une maman.
À partir d'aujourd'hui, un jour par semaine je laisserai ma baguette dans un placard.
Promis ! Mais un jour seulement, le monde a encore tellement besoin de fée !

Maman a tenu sa promesse.
Mais je me méfie des fées,
elles sont si gentilles...

Alors, quand nous viendrons nous installer dans votre ville, si vous voyez ce panneau sur notre porte :

N'insistez surtout pas ! C'est que moi, je ne suis pas encore une fée et quand il le faut, je sais aider ma maman à ne pas travailler.

Princesse Mariotte

France Chandèze, illustrations de Gérard Franquin

Princesse Mariotte n'est jamais contente.
Du matin au soir, elle réclame :
– Je veux ci, je veux ça, j'ai envie de ci,
j'ai envie de ça.
Un jour, le roi et la reine lui disent :
– Nous pouvons t'offrir beaucoup de choses,
mais nous ne pouvons pas tout te donner.
Nous ne sommes pas des magiciens !
Alors Princesse Mariotte devient rouge
de colère et se met à hurler :
– Je veux avoir tout ce qui me fait envie,
même si c'est impossible !
Elle tape des pieds, elle se roule par terre
et pleure un torrent de larmes.
Soudain Mariotte devient aussi pâle
et aussi molle qu'une poupée de chiffon,
et elle tombe évanouie. Les médecins
du roi accourent dans leurs grandes robes
noires pour examiner la princesse.
Ils parlent longtemps, longtemps,
avec des mots compliqués.

Enfin ils déclarent :
– Notre princesse est gravement atteinte
de la maladie d'envie. Malheureusement,
nous ne savons pas comment cela se soigne.
Le roi et la reine sont très inquiets.
Ils décident d'aller voir la fée Lorgnette
qui est la marraine de Mariotte.
– Entrez, entrez ! dit-elle, en ajustant
ses lunettes. Je sais pourquoi vous êtes
venus. Rassurez-vous, le pouvoir des fées
est immense ! Je guérirai Princesse Mariotte.

Le lendemain, Mariotte va beaucoup mieux.
La fée vient la voir et lui dit :
– C'est bientôt ton anniversaire. Je veux te
faire un vrai cadeau de fée. As-tu une idée ?
Bien sûr, Mariotte a une idée !
– J'aimerais une boîte à envies qui me
donnerait tout ce que je lui demanderais !
Le jour de son anniversaire,
Mariotte reçoit une boîte en or avec
un miroir dans le couvercle.
Au fond de la boîte, on voit briller
un anneau. La fée dit à Mariotte :
– Regarde-toi dans le miroir et demande-lui
tout ce que tu veux. Mais rappelle-toi bien
ceci : tu ne dois jamais, jamais toucher
à l'anneau !
Mariotte dit « oui, oui ». Mais elle est si
pressée d'essayer sa boîte à envies, qu'elle
n'a rien écouté. Elle se regarde dans le miroir
et elle dit :
– Ce château est trop petit, j'ai envie de
l'agrandir !
Et elle l'agrandit. Elle ajoute des portes et des
tas d'escaliers, des tours, grandes et petites,
et des fenêtres, à l'endroit et à l'envers.

Quelle pagaille dans le château !
Les cuisiniers cherchent les cuisines,
les chambrières cherchent les chambres,
les ministres cherchent le roi,
le roi cherche la reine.
D'abord, Mariotte s'amuse beaucoup à courir
partout. Mais le soir, elle ne retrouve pas son
lit. Alors elle ouvre sa boîte à envies,
elle se regarde dans le miroir et elle dit :
– J'ai envie que le château soit comme avant.
Et tout redevient comme avant.
Le lendemain, on donne une fête au château.
Toutes les princesses des environs sont
invitées. En les voyant arriver,
la reine s'écrie :
– Qu'elles sont jolies !
Mariotte est furieuse. La plus jolie princesse,
c'est elle ! Elle ouvre sa boîte et elle crie :
– J'ai envie d'être la plus jolie !
Aussitôt, quelle horreur ! Le roi ressemble
à un crapaud, la reine à une sorcière,
les princesses deviennent laides à faire peur !
Mariotte est épouvantée.
Elle pousse un grand cri et elle s'enfuit.
Mariotte court dans la forêt.
Mais maintenant, elle est seule et elle
s'ennuie. Heureusement, elle a emporté
sa boîte. Mariotte ouvre le couvercle.
Elle voit l'anneau qui brille au fond.

Elle a soudain très
envie d'y toucher, une envie
si grande, une envie si forte
qu'elle prend l'anneau et le passe
à son doigt. Aussitôt une énorme
main empoigne la princesse
Mariotte. Une terrible voix rugit :
– Tu as mis mon anneau,
tu es à moi !
Et Mariotte voit devant elle...
un ogre !
L'ogre recommence à rugir :
– J'ai très envie de te manger. Mais je te
donne une chance. Si tu retires cet anneau
avant ce soir, tu pourras t'en aller. Sinon,
je te mangerai !

Et l'ogre jette Mariotte
au fond d'un cachot.
Mariotte tremble de peur.
Elle essaie d'enlever l'anneau, rien à faire !
Il reste collé à son doigt.
Toute la journée, elle essaie mais en vain.
L'anneau ne bouge pas.
C'est bientôt le soir, l'ogre va revenir !
Au moment où le soleil se couche, un petit
oiseau entre par la lucarne. Il pépie :
– Je peux t'aider ? Je peux t'aider ?
Mariotte répond en pleurant :
– Oiseau, tu te moques de moi, que peut
faire un petit oiseau comme toi !
L'oiseau sautille jusqu'à elle et lui dit :
    – Je peux faire ceci.
      Et, d'un coup de bec, il brise l'anneau.
        Ouf, il était temps !
        Voici que l'ogre revient.

– J'ai faim ! gronde-t-il. Montre vite
tes mains !
Mariotte lui tend ses jolis doigts blancs.
– Où est l'anneau ?
– Il n'y en a plus, répond Mariotte.
– Comment ça, il n'y en a plus ?
s'énerve l'ogre.
L'ogre pousse un hurlement à faire trembler
les montagnes et, fou de rage, il lance
la princesse dans les airs !

Mariotte retombe aux pieds de la fée
Lorgnette !
– Ah, te voilà ! Où est la boîte ?
– Je… je l'ai perdue ! Marraine, c'est mieux
ainsi car, tout bien réfléchi, répond Mariotte,
je n'en ai plus du tout envie !
Et Mariotte court embrasser ses parents.
Quelle joie, quel soulagement,
de les retrouver comme avant !

Loup y es-tu ?

Anne-Marie Chapouton, illustrations de Michelle Daufresne

Devant la maison de Grand-mère,
le jardin est tout fleuri dès le printemps.
Et, sur la pelouse douce, Amandine fait
des cabrioles et des cabrioles sans arrêt.
Mais, derrière la maison, le jardin devient
étrange. Il y fait froid et triste,
et les buissons sont épais.
Amandine ne veut pas y aller seule.
Elle a peur.
Les branches d'un grand buis font un petit
pont de feuilles où le soleil ne vient jamais.
Amandine croit que le loup y habite.

Grand-mère dit qu'il n'y a plus de loups
depuis longtemps. Et que, de toute façon,
un loup n'habiterait jamais dans un jardin.
Pourtant, Amandine le sait bien, il y a un
loup dans le jardin, et Grand-mère ne veut
pas la croire. Amandine lui dit qu'une fois,
elle a même vu ses yeux, à travers les feuilles.
Mais Grand-mère ne la croit toujours pas.

Un matin, Grand-mère dit :
– Viens, Amandine, nous allons le chercher
ensemble, ce loup.
– Non ! Je ne veux pas ! crie Amandine.
– Mais si, mais si, répond Grand-mère.
Avec moi, tu ne risques rien. Prenons
un bâton et nous chasserons ce monstre,
une fois pour toutes.

Le gravier crisse sous les pas. Amandine
serre très fort la main de Grand-mère.
Et Grand-mère chante gaiement :
Promenons-nous dans les bois,
Tant que le loup n'y est pas,
Si nous le trouvons,
Nous l'assommerons…
Un oiseau s'envole : Amandine sursaute.
– Viens Amandine, viens, n'aie pas peur !
dit Grand-mère.
Voici le petit pont de feuilles.
Ah, si Grand-mère n'était pas là,
Amandine serait déjà partie en courant !

Grand-mère écarte les branches. L'odeur
du buis se répand dans l'ombre fraîche.
Les feuilles tremblent.
Amandine tremble elle aussi.
Soudain, un petit bruit, un petit cri.
– C'est lui ! dit Amandine.
– Mais non, dit Grand-mère, écoutons bien.
Le petit bruit recommence : *Mi...ouuu...
miii...ooo*.
Grand-mère écarte un buisson et découvre
un bébé chaton à moitié endormi.
– Le voilà, ton loup, Amandine ! Il n'a pas
l'air tellement méchant. Qu'il est doux !
Qu'il est joli ! S'il y avait un loup ici, il y a
longtemps qu'il aurait mangé un animal
aussi petit.
– Vraiment ? demande Amandine.
– Assurément ! répond Grand-mère.
Amandine regarde les feuilles
qui luisent dans l'ombre.
Peut-être qu'elle s'est trompée !

Peut-être qu'il n'y a pas de loup !
– Allons, dit Grand-mère,
ce petit chat a l'air affamé.
Si nous allions lui chercher du lait ?

Depuis ce jour-là, chaque matin,
Amandine apporte au chaton son déjeuner
sous le petit pont de feuilles.
Elle y va toute seule, en chantant
pour se donner du courage.
Et quand elle arrive au fond du jardin,
elle crie :
– Petit-loup, Petit-loup, Petit-loup !
Et Petit-loup accourt
en miaulant.

Rentrée sur l'île Vanille

Agnès Martin-Bertron, illustrations de Sophie Mondésir

À Tahaa, dans l'île où pousse la vanille, vit une petite fille qui s'appelle Vaïmiti.

Ce matin, elle doit partir à l'école pour la première fois. Sa famille est rassemblée sur les marches de la terrasse pour la regarder s'éloigner le long de la plage !

Son père lui dit :

– C'est un grand jour, aujourd'hui, Vaïmiti ! À l'école, tu vas apprendre à peindre avec toutes les couleurs éclatantes de notre vie !

Sa mère lui dit :

– Vaïmiti, tu as de la chance ! À l'école, tu vas apprendre à danser le « tamouré » et à chanter les airs de Polynésie qui sont la gaieté de notre vie.

Son grand frère, Teïki, lui dit :

– Vaïmiti, à l'école, regarde bien autour de toi. Et, si ton cœur se met à cogner très fort, c'est peut-être parce que tu auras rencontré un ami...

Mais Vaïmiti secoue la tête comme une noix de coco qui va tomber :

– Je ne veux pas aller à l'école ! Pas question ! Je ne veux ni peindre, ni danser, ni rencontrer des amis ! Je n'irai pas ! Je préfère nager jusqu'à l'île aux oiseaux et plonger dans le lagon avec les poissons !

Vaïmiti pose une couronne de fleurs sur sa
tête et elle part en tournant le dos à l'école.
Son père la rattrape et l'oblige à s'asseoir.
Il trace des signes dans le sable pour lui
expliquer qu'elle doit aller à l'école !
Mais Vaïmiti ne veut rien regarder !
Sa mère la prend dans ses bras.
Elle lui masse le front et lui murmure
une chanson pour la calmer.
Mais Vaïmiti ne veut rien écouter !
Alors Teïki fait sa tête de sorcier et il tourne
autour d'elle comme un guerrier pour
l'effrayer ! Mais Vaïmiti éclate de rire.
Elle énerve tellement sa famille que
tous crient et menacent de lui donner
une bonne fessée !

Tahitou est une vieille femme pleine
de sagesse, qui parle aux arbres, écoute
le vent et rit souvent. Elle vit seule dans un
petit « faré », couvert de feuilles de cocotier,
sur le bord de la plage. Tahitou est la
marraine de Vaïmiti... et Vaïmiti est ce qu'il
y a de plus important dans sa vie !
Ce matin, Tahitou est sur sa terrasse.
Elle presse des citrons verts pour faire
mariner son poisson.

Quand elle voit Vaïmiti qui se débat,
elle n'hésite pas une seconde. Elle court aussi
vite que le lui permettent ses grandes jambes
maigres et elle ordonne :
– Laissez cette petite tranquille ! Qu'a-t-elle
fait de si terrible ?
Le père de Vaïmiti est très en colère :
– Cette petite chipie de Vaïmiti ne veut pas
aller à l'école ! Elle se sauve le jour
de la rentrée !

Tahitou éclate de rire :
– Ah, ah, ah ! Je comprends
tout ! C'est de ma faute, j'ai oublié
de lui donner son cadeau !
Viens, Vaïmiti !
Vaïmiti aime beaucoup sa marraine
et elle aime aussi beaucoup les cadeaux.
Alors, elle suit Tahitou sans faire d'histoires.
Tahitou ouvre son armoire en bambou.
Elle sort un petit cartable en peau de requin,
avec une fermeture de coquillage.
– Écoute bien ce secret ! dit-elle à Vaïmiti
en chuchotant. Ce cartable est magique !
Il est dans ma famille depuis des années et,
comme je n'ai pas d'enfant, c'est à toi que
je l'offre. C'est mon cadeau pour ta rentrée.
Vaïmiti aime beaucoup sa marraine, mais
elle se dit que Tahitou exagère. Comment
ose-t-elle lui raconter des histoires de bébé ?
Un cartable magique, ça n'existe pas.
Vaïmiti sait ça ! Mais elle fait tout de même
un gros baiser à Tahitou, parce qu'elle trouve
le cartable très joli. Quand elle l'ouvre,
Vaïmiti découvre à l'intérieur une robe bleue
avec de grands oiseaux blancs et un drôle
de pinceau, taillé dans du bois rouge.

Vaïmiti enfile la robe aux oiseaux.
Son cartable à la main, elle fait semblant
d'aller à l'école, pour faire plaisir à sa marraine.
Mais, pendant que personne ne la regarde,
Vaïmiti grimpe dans un manguier et se met
en boule pour se cacher. La maîtresse, très
intriguée par cette tache bleue dans l'arbre,
s'approche. Vite, Vaïmiti ouvre le cartable
et glisse sa tête à l'intérieur.
– Si seulement je pouvais être petite comme
un oiseau-mouche, pour que la maîtresse
ne me voie pas... !

À peine a-t-elle dit cela que, magie !
Vaïmiti rétrécit, rétrécit...
Et, toute minuscule, elle se cache
dans le cartable.
La maîtresse dit :
– Tiens, j'ai dû rêver, la tache bleue a disparu !
Et elle repart vers l'école.
Mais voilà Ranéa, qui passe sous
l'arbre avec sa bande.
– Eh, regardez ce cartable ! Ma parole,
c'est une sterne qui l'a perdu ! Allez, il sera
au premier qui l'attrapera !
Vaïmiti n'a pas du tout envie de se retrouver
écrabouillée par ces galopins.
– Si seulement je pouvais voler
et m'échapper de là !
À peine a-t-elle dit cela que, magie !
Le cartable se gonfle comme une voile
de bateau au-dessus de sa tête !
Alors Vaïmiti saisit la poignée et elle descend
doucement dans les airs.

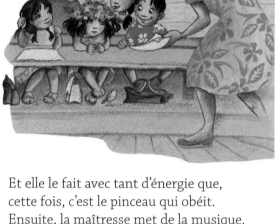

Dès que Vaïmiti touche le sol, elle retrouve sa taille normale. Elle est si contente, qu'elle saute de joie. Et la maîtresse la voit bien, cette fois, avec sa robe bleue dans le soleil ! Elle vient vers elle et lui prend la main :
– Bonjour, je m'appelle Hinano. Et toi ?
– Vaïmiti.
Vaïmiti est furieuse car la maîtresse l'entraîne vers l'école. Voilà, Vaïmiti est dans la classe avec les autres. Hinano dit :
– Nous allons peindre !
Vaïmiti est très inquiète. Sa peinture va être affreuse, c'est sûr ! Et les autres vont rire si fort, que leur rire résonnera sur toute l'île. Mais elle se souvient du pinceau rouge. Alors, elle se penche pour le prendre dans le cartable.
– Si seulement je savais peindre les poissons du lagon !
À peine a-t-elle dit cela que, magie ! Le pinceau court sur le papier en entraînant la main de Vaïmiti ! Et voilà des poissons bariolés qui prennent forme.
Ils sont si bien peints qu'ils paraissent nager.
– Bravo Vaïmiti, très réussi !
Vaïmiti est heureuse de ce qu'a dit Hinano. Alors, elle commence à peindre tout ce qu'elle aime. Des fleurs, des crabes...

Et elle le fait avec tant d'énergie que, cette fois, c'est le pinceau qui obéit. Ensuite, la maîtresse met de la musique. Mais Vaïmiti ne veut pas danser. Elle a peur de s'emmêler les pieds. Ses jambes tremblent comme si un requin allait la dévorer. Elle serre dans ses bras son cartable et soupire.
– Si seulement je savais virevolter comme les sternes de l'île aux oiseaux !
À peine a-t-elle dit cela que, magie ! Les oiseaux de sa robe battent des ailes et soulèvent la robe de Vaïmiti.

La robe bleue se met à danser, elle fait tournoyer Vaïmiti ! Hinano la félicite.
– Comme tu es légère, Vaïmiti !
Vaïmiti est contente. Elle a vraiment envie de danser. Alors quand la musique change et se met à cogner à grands coups cadencés, Vaïmiti tape des pieds avec tant d'énergie que, cette fois, c'est la robe qui obéit.

À l'heure de la récréation, Vaïmiti a le temps de regarder les autres enfants autour d'elle. Elle remarque une petite fille, toute seule, appuyée contre un gros rocher. Vaïmiti voit qu'elle a les genoux qui tremblotent et qu'elle a peur d'aller jouer.
Vaïmiti aimerait bien lui parler, mais elle n'ose pas. Elle cherche dans ses poches un morceau de mangue salée à lui offrir, mais ses poches sont vides. Alors Vaïmiti serre très fort son cartable dans ses bras.
– Si seulement j'avais quelque chose à partager avec cette petite fille, j'irais vers elle et je lui parlerais !

Mais cette fois, pas de magie. Les poches de Vaïmiti sont toujours vides. Et elle sent son cœur qui cogne à grands coups !
Alors, elle pose son cartable.
Et, toute seule, sans magie, sans magie du tout, elle va joyeusement vers cette petite fille. Parce qu'elle a tellement envie de devenir son amie !

Le petit Tamour

Christine Féret-Fleury, illustrations de Zaü

Cent fois par jour, Maman prend mon petit
frère dans ses bras. Elle le serre très fort
contre elle, et l'embrasse en s'exclamant :
– Tu es un petit Tamour !
Moi, je ne comprends pas ce que ça veut dire.
Pourtant je suis grande, j'ai cinq ans,
et je sais compter jusqu'à douze.
Mon petit frère, lui, il ne sait pas compter
jusqu'à douze, ni faire le poirier, ni modeler
des bonshommes de pâte avec des yeux
en raisins secs, ni tourner la salade, ni sauter
de la commode, ni cracher des grains de riz
dans le porte-parapluie. Mais il est tout neuf,
et il sent bon. (Enfin, pas toujours...)
Alors Maman s'amuse.
C'est de son âge.

Toutes les mamans sont comme ça quand
elles ont un nouveau bébé. Je les entends
parler, au parc, quand nous promenons
Romain dans son beau landau bleu marine.
Elles racontent toujours combien ça a été
dur quand le bébé est né, mais merveilleux
quand même, le plus beau jour de leur vie.
Il était tellement éveillé déjà, le troisième
jour il a reconnu son papa... si si,
et le cinquième il a rendu tout son biberon
dans le cou de la tante Yvonne à qui
personne n'a jamais osé dire ses quatre
vérités. Elle est partie furieuse et, depuis,
elle est en cure à Vichy. Pour six mois,
au moins. Tout le monde respire.

Et patati et patata.
Elles n'en finissent plus, et moi je m'ennuie.
Je voudrais bien savoir ce que c'est,
un Tamour...
Un instrument de musique, le plus gros
de l'orchestre, celui qui fait le plus de bruit ?
Un animal sauvage ?
Une espèce de catastrophe naturelle,
comme les tornades dont on parle à la télé,
et qui ont presque toutes des noms de filles ?
N'importe quoi ! On voit bien qu'ils ne
connaissent pas Romain !
Papa dit toujours :
– Quand on a un problème important
à résoudre, il faut prendre plusieurs avis.
Alors je suis allée voir Grand-père.

– Grand-père, qu'est-ce que c'est un Tamour ?
Grand-père m'a répondu, sans lever le nez
du gros livre qu'il avait calé sur ses genoux.
– Mmm ? une petite peuplade germanique,
sans doute ? Peut-être un sous-groupe des
Jutes ou des Burgondes ? Tu trouveras tout
ça par là, ma chérie.
Et il a agité la main en direction
de la bibliothèque. Il y avait des rangées
et des rangées de livres, du sol au plafond.
Plus de douze, sûrement. Je suis sortie sur
la pointe des pieds. Ce n'était pas la peine.
Grand-père ne m'entendait plus.
J'ai décidé de changer de tactique.
Tactique est un joli mot qui fait un bruit
de réveil à l'envers. Je l'aime bien.

Malheureusement, on ne peut pas l'employer souvent.

Aujourd'hui, après la sonnerie de la récré de 3 heures, je suis restée dans la classe, et j'ai demandé à la maîtresse :

– Maîtresse, où je peux trouver l'explication de tous les mots compliqués que disent les parents et que je ne comprends pas ?

J'avais dit tout ça sans respirer. Arrivée au bout de la phrase, j'étais essoufflée et j'avais chaud aux joues comme si j'avais fait une bêtise.

Mais la maîtresse m'a regardée gentiment par-dessus ses lunettes, et m'a souri en montrant ses dents.

Elle avait l'air très contente de moi.

– C'est une très bonne question, Julie ! Comme j'aimerais qu'on me la pose plus souvent !

Sur une étagère, elle a pris un gros livre.

– Ce livre est un dictionnaire, Julie. Quand tu sauras lire, tu pourras y trouver tous les mots de la langue française, classés par ordre alphabétique. Tu sais ce que c'est ? Quand je fais l'appel, le matin, je nomme d'abord les élèves dont le nom commence par

la lettre A, puis par la lettre B, et ainsi de suite. Eh bien, ce livre-là fait l'appel des mots, et donne pour chacun d'entre eux une « définition », c'est-à-dire une explication. Tu comprends ?

J'ai dit que oui, oui, je comprenais, merci beaucoup Maîtresse, et j'ai commencé à marcher en crabe vers la porte.

Parce que quand elle est lancée, la maîtresse, il n'y a plus moyen de l'arrêter.

La preuve, elle a continué, et en sortant
j'ai encore entendu :

– Bien sûr, ce dictionnaire est destiné aux
adultes, mais il en existe de plus simples
pour les enfants, avec beaucoup d'images...
Attends un peu, je vais te noter la référence...
Mais moi, je voulais le plus gros dictionnaire
du monde. Avec le plus de mots possible,
pour être sûre d'y trouver *Tamour*.
Samedi après-midi, je suis allée
à la bibliothèque municipale avec Maman.
Mademoiselle Morin a beaucoup ri quand
je lui ai demandé le plus gros dictionnaire
du monde. Quand elle rit, tous ses mentons
tremblotent, et ses lunettes glissent sur son
nez. Elle a quand même fini par rattraper ses
lunettes, et elle m'a montré, sur une étagère,
des rangées et des rangées de dictionnaires
reliés en cuir.

– Voilà, ma chérie ! Tu ne trouveras pas
mieux. Mais il faudra revenir quand tu auras
mangé beaucoup de soupe ! Maintenant,
si tu préfères un album ou une bande
dessinée, c'est par là...

Elle m'a caressé les cheveux, et elle est
retournée à son bureau, les épaules encore
secouées par des hoquets de rire.
De retour à la maison, j'ai grimpé quatre
à quatre jusqu'à la chambre de Gunilla.
Gunilla, c'est ma Suédoise. Elle vient me
chercher à l'école, m'emmène à la danse,
et me garde le soir quand Papa et Maman
vont au cinéma. J'avais mon plan.
Mais je n'ai pas perdu de temps à tout raconter
à Gunilla. Je la connais, Gunilla : quand on
lui explique quelque chose, n'importe quoi,
comme la meilleure manière de faire les
tartines de pâte à tartiner avec du beurre salé
en dessous, elle ouvre tout grands ses yeux
bleus, et se met à rire. Après quoi il n'y a plus
qu'à recommencer. Je l'ai prise par la main,
et nous nous sommes glissées dans le bureau
de Grand-père. Le samedi, il n'est jamais là :
après le déjeuner, il met une cravate
et s'en va à sa « réunion ». Je ne sais pas
ce que c'est, mais quand il rentre il a les joues
toutes rouges.

Tout en bas de ses étagères, j'avais repéré une rangée de gros livres marron tous pareils. Il y en avait presque autant qu'à la bibliothèque municipale. Ça devait être au moins les deuxièmes plus gros dictionnaires du monde.

J'ai répété à Gunilla ce que la maîtresse m'avait dit. Elle a commencé par faire des yeux ronds, mais je ne lui ai pas laissé le temps de rire : je lui ai demandé, en parlant lentement, si elle voulait bien chercher un mot pour moi dans le dictionnaire. Elle a pouffé :

– Quelle drôle de petite fille, Joulie ! C'est quoi le mot tu veux ?

J'ai dû répéter trois fois, mais finalement elle a compris. Gunilla ne parle pas très bien le français. Mais elle sait lire.

Forcément : elle a dix-huit ans.

Elle a trouvé « Tamoul ».

La définition était très longue et je n'ai rien compris, sauf qu'il était question de l'Inde, un pays très lointain.

Maman m'en a parlé une fois en me montrant une longue robe qu'elle mettait bien avant ma naissance (elle avait l'air tout attendrie, Maman, en touchant les broderies) ; et « Tamouré », qui est une sorte de danse. Elle n'a pas trouvé *Tamour*.

J'ai mis mon nez à la fenêtre. Il pleuvait, et je me sentais découragée. Personne n'avait pu me dire ce que c'était, un *Tamour*. Même pas le plus gros dictionnaire du monde.

Pourtant, en rentrant de la bibliothèque, pendant que Maman faisait ses courses, j'avais posé la question à Monsieur Boumard, le boucher, à Madame Guit, la boulangère, à Madame Carelle, qui règle la circulation au carrefour près de l'école, à Monsieur Lopez, le gardien de l'immeuble, à François, notre voisin, l'étudiant en médecine. Mais ils avaient l'air pressés, ils ne m'écoutaient pas vraiment, et ils m'ont tous répondu :

– Regarde dans un dictionnaire !

Pour manger mon goûter, je me suis installée
sur une marche de l'escalier. J'aime bien
m'asseoir là, parce que c'est un bon endroit
pour réfléchir et pour observer sans
« être dans les jambes des autres »,
comme dit Maman.
Maman, je la voyais passer comme une fusée,
allant de la cuisine à la salle à manger,
et du salon à la salle de bains, avec des tas de
linge sale, des éponges imbibées de produit
nettoyant, tout en chantant à tue-tête sur le
C.D. qu'elle avait mis à fond pour se donner
du cœur à l'ouvrage.
Maman déteste faire le ménage, alors,
quand elle s'y met, ça décoiffe.
On a intérêt à se pousser. Romain, lui, jouait
dans son parc, si on peut appeler ça jouer :
il balançait ses peluches et ses cubes aux
quatre coins de la pièce. Après il s'est assis,
il a enlevé ses chaussures et ses chaussettes,
puis les lacets de ses chaussures, et il a tout
jeté par-dessus bord, sauf les lacets qui sont
restés accrochés à un barreau.

Normalement, à ce moment-là, il devient
tout rouge, et commence à pleurer
pour qu'on lui ramasse ses jouets. Mais là,
il a fait un drôle de petit bruit, un cri de souris,
c'est sa manière de rire. Il a tendu la main
pour attraper les lacets, puis il est retombé
et a commencé à les enrouler autour
de ses doigts.

J'ai pensé : « On en a pour dix bonnes
minutes de tranquillité ! », et je suis montée
dans la chambre des parents chercher
Le Combat des chefs.
Je regardais les images, et j'en étais au
moment où les chefs gaulois rivaux
s'envoient des bottes de paille à la tête,
quand j'ai entendu... ou plutôt, non,
je n'ai rien entendu.

Ça faisait déjà un moment que je n'entendais
plus rien, et, quand on connaît Romain,
il y a de quoi s'affoler. J'ai levé la tête,
il était toujours assis dans son parc,
tranquille, mais voilà : son visage avait pris
une couleur bleue bizarre, et un petit bout
de lacet dépassait de ses lèvres, dans le coin.
J'ai crié :
– Maman !

J'ai dégringolé l'escalier, j'ai attrapé le bout de
lacet, et j'ai tiré, tiré. Ça venait tout mouillé,
roulé en boule, et Romain a commencé
à cracher des gargouillis ; puis il a ouvert
grand la bouche et s'est mis à hurler :
il n'était plus bleu du tout, et Maman
est arrivée en courant.
Elle est devenue toute pâle,
et elle s'est assise comme si, tout à coup,
ses jambes ne pouvaient plus la porter.
J'étais inquiète, je me demandais
si elle aussi avait avalé quelque chose,
mais elle m'a serrée fort contre elle,
et elle m'a dit en pleurant :
– Toi, tu es un Namour !
J'ai regardé Romain, qui s'était arrêté
de hurler. Il me regardait aussi,
en soufflant des bulles de salive,
et il m'a souri.

Alors j'ai réalisé que, tout à coup, ça m'était
égal de savoir ce que voulait dire *Tamour*,
puisque moi, j'étais un *Namour*.
Et un Tamour et un Namour,
ça doit faire une équipe terrible !

Lou, la brebis

Karin Serres, illustrations d'Hervé Le Goff

Il était une fois une jolie petite brebis
qui s'appelait Lou.
Mais son prénom la rendait très malheureuse,
car tous les agneaux de son âge pensaient :
« Lou comme un loup dévoreur d'agneaux ?
Lou comme l'affreux grand méchant loup ? »
Ils avaient peur de Lou, et aucun ne voulait
jouer avec elle.
Le temps passa, les agneaux grandirent
et Lou aussi. Mais ce fut pire.
Au lieu de la craindre, les petits moutons
de son âge se moquaient d'elle :
– Eh, loup, montre-nous comment tu hurles
à la lune ! Dresse tes oreilles noires !
Montre tes dents pointues ! Lou, Lou, grande
méchante loup, attrape-nous !

Et ils ne voulaient toujours pas jouer avec elle.

Le temps passa, les petits moutons devinrent
de jeunes béliers aux cornes dorées.
Lou grandit, elle aussi. C'était maintenant
une ravissante brebis à la laine pâle et douce
comme un nuage. Hélas, chaque fois qu'un
bélier tombait amoureux d'elle,
son malheureux prénom le faisait fuir !
Au moment où, les yeux dans ses yeux,
le bélier murmurait : « Je t'aime, Lou »,
il sursautait : aimer un loup ?
Il prenait alors ses jambes à son cou.
Et Lou n'avait toujours personne
avec qui jouer.
Personne à qui confier ses secrets.
Personne à câliner.

Alors Lou alla trouver ses parents.
– Papa, Maman, pourquoi m'avez-vous
donné ce nom si dégoûtant ?
– Parce qu'il nous plaît beaucoup,
répondit son père.
– Parce qu'il est chou ! renchérit sa mère.
– Et moi alors, avez-vous pensé à moi en
m'appelant comme ça ? À cause de ce fichu
prénom, je n'ai pas eu un seul ami mouton
et maintenant aucun des béliers ne veut
m'aimer ! Je déteste ce nom ! Je veux
en changer !
– Impossible, fit son père, nous ne pourrions
pas nous y habituer.
– Et puis, chérie, dit sa mère, personne ici
ne pourrait oublier le premier, celui que nous
t'avons donné, avec amour.
– Alors je vais partir très loin, cria Lou,
là où personne ne me connaît !

Et Lou très en colère s'en alla toute seule
dans le blanc de l'hiver.

Elle marcha droit devant elle, sans s'arrêter
et troua la neige de ses petits sabots bien
cirés, jusqu'à ce qu'elle finisse par se sentir
calmée.
« Je ferais mieux de rentrer maintenant, se
dit-elle. Papa et Maman vont être inquiets. »

Mais entre-temps,
la nuit était venue
et Lou eut beau chercher,
elle ne retrouva plus
son chemin.

Dans la nuit noire, impossible de voir
le sapin tordu au coin duquel elle avait
tourné.
Et puis la neige était tellement tombée
que ses traces avaient disparu.
Lou était complètement perdue !
« Il ne faut pas que je pleure, pensa-t-elle
avec terreur, un loup pourrait m'entendre. »

Elle réfléchissait à un plan pour prévenir
ses parents quand, tout à coup,
elle eut la plus grande peur de sa vie :
là-bas, dans l'encre de la nuit,
deux yeux venaient de s'allumer. Deux yeux
aux lueurs jaunes qu'elle connaissait.
Les yeux d'un loup féroce qui allait la dévorer !
Désespérée, elle se jeta dans la neige
en bêlant :
– Ne me mangez pas, s'il vous plaît ! S'il vous
plaît ! S'il vous plaît !

Mais les yeux jaunes ne bougeaient pas,
ni le loup auquel ils appartenaient.
Méfiante, Lou fit un pas de côté pour
s'en aller : toujours rien.
Elle aurait dû en profiter pour fuir mais
Lou était curieuse.
Il y avait là quelque chose qui l'intriguait.
À nouveau, elle regarda attentivement
les deux yeux jaunes... et elle vit une larme
y briller.
Des larmes dans les yeux d'un loup ?
Jamais elle n'aurait cru que cela
pouvait arriver !
Lou fut prise de pitié :
– Ça ne va pas ? demanda-t-elle d'une toute
petite voix.
– Noooon ! gémit le loup.
– Pourquoi ?
– C'est à cause de mon nom !
– Votre nom ? Non !

– Si ! Mes parents, qui sont du Midi,
m'ont appelé Ange. Ange, vous pensez ?
Pour un loup, c'est un nom impossible
à porter ! Et ça me rend si malheureux...
– Vous êtes sérieux ? C'est fou, moi mes
parents m'ont appelé Lou !

Ange le loup éclata de rire.
Lou la brebis sentit son cœur frémir.
Ils se serrèrent l'un contre l'autre
pour se réchauffer.
Et toute la nuit, ils se racontèrent
des secrets.
Enfin, ils avaient un ami ! Quelqu'un à qui
parler ! Quelqu'un qui les comprenait...
La nuit pâlit, l'aube se leva, et chacun dut
repartir de son côté.
Le cœur léger, Lou s'en alla dans la neige
craquante.

Au sapin tordu, elle agita une dernière fois
la main vers Ange qui n'était plus qu'un petit
point noir. Puis elle tourna au coin.

Lou a retrouvé son troupeau,
Ange est retourné dans sa horde.
Ils ne se sont jamais revus mais ils s'écrivent
régulièrement : une fois par an,
tous les hivers, comme une sorte
d'anniversaire. Parce que tout a changé
depuis ce jour-là.
Aux dernières nouvelles, Ange est amoureux
d'une jeune louve aux yeux bleus.
Quant à Lou, elle a trouvé son bélier
charmant. Ils ont déjà trois enfants.
Trois beaux agneaux tout blancs
qui s'appellent Rimoc, Pernul et Fastir.
Des prénoms chou, et qui ne veulent
absolument rien dire.

Matriochka

Sandra Nelson, illustrations de Sébastien Pelon

Au nord-est de Moscou, dans la forêt de Semenov, vivaient Ivan et Natacha, modestes moujiks, et leurs cinq filles. Aussi belles que douces, elles s'entendaient à merveille et ne se quittaient jamais. D'une ressemblance saisissante, seule leur taille successive les distinguait.

Chaque fille possédait un don particulier : Katérina, l'aînée, cuisinait des plats délicieux. Anna, la seconde, avait une voix enchanteresse. Marina, la troisième, cousait et brodait à la perfection. Tatiana, la quatrième, lisait dans les pensées. Quant à la cinquième, Véra, elle était championne d'échecs.

Un jour, Ivan et Natacha leur annoncèrent
une bien triste nouvelle :
– Mes chers enfants, la récolte a été détruite
par la grêle. Nous n'avons plus rien à manger :
plus un bout de lard, plus un bol de soupe,
plus un bout de pain. Katérina doit aller
travailler chez Baba Yaga.
Les filles poussèrent ensemble un cri d'effroi :
– Non !
Et elles se jetèrent dans les bras l'une
de l'autre.

Baba Yaga était l'horrible sorcière qui habitait
de l'autre côté de la rivière, dans une petite
isba montée sur quatre pattes de poule.
Cette ogresse aimait par-dessus tout dévorer
des petites filles pour son dîner.
Natacha rassura Katérina tant bien que mal :
– Ne crains rien, ma fille. J'ai fabriqué une
poupée qui a ton visage, trait pour trait.
Tant qu'elle sera avec moi, elle te défendra.
*Petite poupée, petite poupée, mon enfant
tu dois protéger,* chantonna Natacha,
avant de la poser sur la cheminée.
Les quatre sœurs protestèrent mais
la courageuse Katérina se résigna :

– J'irai dès demain chez Baba Yaga.
Les sœurs passèrent la nuit à pleurer,
se consoler puis pleurer à nouveau.
Elles n'avaient jamais été séparées
et ne pouvaient imaginer d'abandonner
leur aînée.

L'aube approchait et Véra, la plus jeune,
eut une idée :
– Si tu dois aller chez Baba Yaga, nous venons
avec toi. Nous pourrons t'aider si elle veut
te manger comme un poulet ! Cachons-nous
sous ta robe.

Et Véra se cacha sous Tatiana, qui se cacha
sous Marina, qui se cacha sous Anna,
qui se cacha sous Katérina.

Katérina et ses quatre sœurs ainsi invisibles
arrivèrent près de l'isba de Baba Yaga.

La sorcière était encore plus terrifiante
qu'elles ne l'avaient imaginée.
Elle avait des dents pointues, le nez crochu
et une voix aiguë :
– Ah te voilà ! dit l'ogresse. J'ai du travail
pour toi. Nettoie mon isba et prépare-moi
un bon repas. Je serai de retour avant la nuit
tombée :
Par le froid et par la pluie,
Par le grand vent de minuit,
Si tout n'est pas bien rangé,
Oui, da, je te mangerai.

Tremblant de peur, les sœurs se dépêchèrent
de balayer, nettoyer, ranger, tandis que
Katérina préparait sa spécialité : un bortsch
avec de la betterave, de la viande et du chou,
puis une vatrouchka au fromage blanc truffé
de raisins secs.
Baba Yaga rentra plus tôt que prévu car elle
avait très envie de croquer la petite fille.
Mais quand elle découvrit que tout était
rangé et que son repas était prêt,
elle se contenta de dire :
– Ce repas est délicieux. Je n'ai plus faim.
Je te mangerai demain.
En entendant ces mots, les sœurs firent :
« Oh ! » en chœur.

Mais Baba Yaga, qui avait dévoré
tout son plat, dormait et ronflait déjà.

Le lendemain, Baba Yaga ordonna à Katérina
de lui confectionner un manteau couleur
de la mer :
– Je veux des broderies avec toutes les
teintes du bleu, du plus clair au plus foncé.
Si tu en oublies une seule, gare à toi ! Et
dépêche-toi, tout doit être prêt avant la nuit :
Par le froid et par la pluie,
Par le grand vent de minuit,
Si tout n'est pas bien brodé,
Oui, da, je te mangerai.

Tandis que les sœurs balayaient, nettoyaient
et rangeaient, Marina se mit à l'ouvrage.
Cette fois, convaincue que la fillette n'aurait
pu achever son travail, Baba Yaga se lécha les
babines. Mais quand elle entra, elle découvrit
un manteau scintillant aux multiples reflets
bleutés :
– Je n'ai jamais vu de si belles broderies, dit
Baba Yaga, très embêtée de ne pouvoir faire
rôtir la petite fille. Je te dégusterai demain,
quoi qu'il arrive !
Et furieuse, la sorcière alla se coucher.

Pendant ce temps, Natacha, ayant découvert la disparition de ses autres filles, confectionna quatre autres poupées qu'elle plaça à côté de celle de Katérina :
Petites poupées, petites poupées,
mes enfants vous devez protéger,
chantonna-t-elle une nouvelle fois.

Le lendemain, Katérina prépara les plats les plus merveilleux, avec l'espoir que Baba Yaga changerait d'avis. Mais la sorcière, bien décidée à manger la petite fille, après avoir tout avalé, lui dit ceci :
– Viens ici.
Soudain, une douce voix, sortie du fond de Katérina, se mit à fredonner une très belle chanson :
Tourne la Grande Ourse,
tourne la Petite Ourse.
Il n'y a pas de nuit sans matin,
Le soleil reviendra demain.
Anna chanta si bien que même Baba Yaga fut émue. Elle pleura si fort que l'isba se mit à trembler et à tourner sur elle-même.

C'est alors que Tatiana lut dans les pensées de Baba Yaga :
« Quand j'étais tsarine, j'ai été bannie car je n'ai pu donner la vie.
Un sort m'a changée en sorcière et condamnée à la vie infinie.

* Didier Rimaud, *Berceuse russe*

Le maléfice disparaîtra quand un enfant,
aux échecs, me vaincra.
Mais nul enfant n'est plus malin que moi,
et ce jour-là n'arrivera pas. »

Tatiana répéta mot pour mot ce qu'elle avait
lu dans les pensées de la sorcière.
Et la rusée Véra proposa à Baba Yaga une
partie d'échecs :
– Si tu me bats, tu me manges. Si je te bats,
tu me donnes ta fortune.
– Ma fortune ? répéta Baba Yaga en ricanant.
C'est impossible ! Je vais te battre
immédiatement. Ce ne sera pas amusant.
Mais si c'est ta dernière volonté avant
d'être avalée, tu peux préparer l'échiquier.
Baba Yaga, qui avait une très mauvaise vue,
ne réalisa pas qu'une troisième main sortait
de la robe de Katérina.
Véra se concentra tant et si bien qu'elle battit
la sorcière.

La tsarine fut libérée de son sortilège
et redevint une belle jeune femme.
Elle donna aussitôt sa fortune aux cinq
sœurs qui rentrèrent chez elles saines et
sauves, à la grande joie de leurs parents.
En souvenir, Natacha offrit ses poupées
à la tsarine :
– Confie-leur ton vœu le plus cher
et tu seras exaucée.

La tsarine, qui, en retrouvant sa beauté,
avait perdu sa richesse, se maria avec
un jeune paysan. Et son rêve le plus précieux
se réalisa : ils eurent une fille, Matriona.

Ses parents la surnommaient affectueusement
Matriochka.
L'enfant avait pour seuls jouets les poupées
gigognes dont elle ne se séparait jamais.
Devenue adulte, elle se mit à en fabriquer.
Elle leur donna son nom et depuis,
les poupées Matriochka symbolisent
la fertilité, et sont aimées des enfants
du monde entier.

Lola a le cœur qui bat

Sylvie Poillevé, illustrations de Virginie Fraboulet

Dans la cour de l'école, Lola joue,
fait la fo-folle.
Mais depuis quelques jours, tout a changé !
Elle se sent toute drôle, toute bizarre,
toute intimidée.
Depuis quelques jours, la marelle s'envole,
chat perché et 1.2.3 soleil
sont oubliés...
Elle regarde, du coin de l'œil,
un petit garçon aux cheveux bouclés...
Chut ! Ne le répétez pas !
Lola a le cœur qui bat !

Son nom ? Elle ne le connaît même pas !
Elle pourrait le lui demander, mais...
elle n'ose pas !
Pourtant, plusieurs fois, il s'est retourné,
plusieurs fois, il l'a regardée...
Comme elle, il l'observe du coin de l'œil,
surtout quand la cloche sonne,
et qu'ils vont être séparés...

Mais Lola a une idée !
Elle dessine un gros cœur rouge
sur une feuille de papier qu'elle glisse sous
la porte de la classe d'à côté, la classe
du petit garçon aux cheveux bouclés.
Son dessin n'est pas signé, mais peut-être
qu'il va tout deviner...
Chut ! Ne le répétez pas !
Lola a le cœur qui bat !

Aujourd'hui, des « grands » ont inventé
un jeu très amusant : « Bisou-Bisou » !
Celui qui est attrapé est embrassé !
Tous les enfants, rient, crient, s'appellent,
se bousculent.
Et soudain, Lola entend le nom du petit
garçon... « Tom ! »
Il s'appelle Tom !... Tom !...
« Toc ! Toc ! » répond le cœur de Lola...
Alors, elle court, court le plus vite
qu'elle peut !
Tom est attrapé ! Tom est enlacé !
C'est le jeu : Lola lui fait un gros baiser !
Tom ! Tom !... Toc ! Toc !...
Chut ! Ne le répétez pas ! Lola... Trop tard !

Trois copains ont vu le rose aux joues de Tom
et Lola. Ils chantent d'un ton moqueur :
– Oh les peureux ! Ils sont amoureux !
Tom n'est pas content, Tom est furieux !
Puisque c'est comme ça,
il va jouer à la bagarre, c'est beaucoup mieux !

Lola a le cœur lourd...
Ce n'est pas toujours facile l'amour !

En rentrant de l'école, avec sa maman,
Lola ne parle pas, Lola ne sourit pas.
Sa tête est remplie de nuages gris...
À la maison, pelotonnée dans les bras
de Maman, elle raconte son secret,
elle raconte son chagrin. Et doucement,
les nuages gris s'envolent...
Alors, sur un rouleau de carton, elle dessine
plein de cœurs, met mille couleurs, un ruban
et dedans un bouquet de fleurs.

Le lendemain, quand Tom arrive à l'école
avec son papa, Lola est trop intimidée pour
lui offrir le cadeau qu'elle a préparé.
Qu'est-ce qu'il va penser ?
Vite, elle donne le bouquet à sa maman
et se cache derrière elle !

Tom se cache aussi derrière son père.
Le papa et la maman se trouvent nez à nez,
un peu gênés...
On entend une petite mouche voler
au-dessus de leurs têtes...
Puis la maman tend le bouquet au papa
et dit en souriant :
– C'est pour Tom, de la part de Lola !

Trois enfants chantent alors d'un ton
moqueur :
– Oh les peureux ! Ils sont amoureux !
Tom et son papa, Lola et sa maman ont
le rose aux joues !
Mais Lola a vu le sourire de Tom, un sourire
tout doux. Alors, si les autres se moquent,
si les autres rient, tant pis !
Tom et Lola ont le cœur qui bat !

Le vol des bisous

Simone Schmitzberger, illustrations de Corinne Baret-Idatte

Avant de partir, Maman m'a promis
qu'elle cacherait des bisous sous mon oreiller.
Le soir venu, je n'aurai qu'à fermer les yeux,
ils se poseront sur moi. Ce sera comme si
elle était là pour me dire bonne nuit.
Mais le soir est là et je n'arrive pas à fermer
les yeux. Mon oreiller est froid. On dirait
qu'il a l'odeur du jardin. Il sent la glycine,
je crois. Je le soulève et qu'est-ce que
je vois ? Rien ! Il n'y a rien dessous, rien, pas
le moindre baiser, pas le plus petit bisou !
J'appelle :
– Maman !
Mais Maman est partie. C'est Claire
qui vient, comme chaque fois que Maman
s'en va pour son travail. Je demande à Claire
qui a fait mon lit aujourd'hui. Elle dit que
c'est elle, que j'ai de la chance, qu'elle a mis
les draps au soleil sur le rebord de la fenêtre,
comme Maman le lui a demandé.
– Et l'oreiller ?

– L'oreiller, eh bien,
je l'ai secoué, secoué,
secoué... et figure-toi
qu'il est même tombé.
Je suis allée le rechercher, en bas,
il était sous la glycine.
Je n'avais plus envie de sourire.

– Alors, je ne les retrouverai jamais !
Et j'ai réclamé :
– Mes baisers, mes bisous ! C'est toi qui
les as fait tomber ! Maman m'avait juré
qu'elle en mettrait une provision sous
mon oreiller avant de s'en aller !
– Oh, c'est pas la peine de faire une histoire
pour quelques bisous de rien du tout qui
se sont envolés quand je secouais ton oreiller.
D'ailleurs, ils étaient pleins de poussière
et puis, tu en reçois à longueur de journée !

– Non, Claire, tu as oublié que Maman vient
de s'en aller ! Et c'étaient des bisous
qui tiennent longtemps !
Mon frère, qui faisait semblant de dormir,
a ricané :
– Hi, hi, c'est moi qui les ai !
J'ai bondi :
– Voleur, rends-les-moi !
Mais il a appuyé de toutes ses forces
sur son oreiller.
– Arrête, tu vas les écraser !

Je me suis recouchée, désespérée.
Pour me consoler, Claire m'en a donné un
à elle. Je l'ai glissé sous mon oreiller froid.
– Si vous arrêtez de vous disputer, je t'en
donnerai trois autres !
Je n'ai plus rien dit, surtout que mon frère
dormait déjà. C'était sûr, lui, il avait
les bons bisous.
Claire m'en a redonné trois autres,
comme promis, mais ils n'avaient pas le goût
de ceux de ma maman. Alors j'ai pleuré parce
que je n'arrivais pas à m'endormir.
Mon frère ronflait. Je me suis approchée
de son lit, j'ai passé ma main sous son
oreiller et j'ai repris mes bisous.
C'étaient les vrais. Ils étaient doux et chauds.
Je les ai déposés sous mon oreiller
et je me suis vite endormie.

Au réveil, mon frère hurlait.
Claire est arrivée pour voir ce qui se passait.
Entre deux sanglots, il a expliqué que je lui
avais repris les bisous pendant qu'il dormait.

– Quels bisous ? a dit Claire, qui ne se
souvenait déjà plus de notre dispute.
– Les miens !
J'avais crié en même temps que mon frère.
Il était debout, près de mon lit,
et commençait à tirer sur mon oreiller.
– Voyons, a dit Claire, combien y en a-t-il ?

246

J'ai compté tout haut :
– Tu m'en as donné trois hier soir,
tu m'en avais déjà donné un avant et il y a la
provision de Maman. Ça fait bien un millier
de bisous. C'est ce qu'elle dit sur les cartes
et au téléphone, quand elle est en voyage…
Un millier ! Mais c'est ma provision à moi !
C'est moi qui ai eu l'idée !
– Partagez-les ! a dit Claire. Cela fera cinq
cents chacun ! C'est énorme !
J'ai eu beau ronchonner, il a fallu que
je donne la moitié du millier à mon frère.
J'ai trouvé que les bisous qui me restaient
ne sentaient plus grand-chose. À cause
de mon frère qui les avait trop écrasés.
Furieuse, j'ai écrit à Maman pour tout lui
raconter. Claire a faxé la lettre. Maman a
répondu aussitôt en annonçant une surprise
pour le courrier du lendemain, quelque chose
qu'elle ne pouvait pas envoyer par fax.

Au matin, on a guetté le facteur après le petit
déjeuner. Il y avait une grande enveloppe.
Elle était bourrée de confettis bleus et roses.
Sur chacun, expliquait Maman,
il y a un bisou.

Elle avait aussi précisé :
« Les bleus pour Capucine
et les roses pour Benjamin. »
Ils sentaient tous le parfum de Maman.
Elle avait écrit que c'étaient les plus jolis
qu'on trouvait ici. (Ici, c'est là-bas où elle
est partie.)
J'ai mis mes bisous de papier sous mon
oreiller, Benjamin a fait pareil. Mais peu
après, il a voulu les miens en disant que
les roses c'était pour les filles, que Maman
ou le marchand avaient dû se tromper.

Claire, qui étudiait dans la chambre à côté,
est accourue pour nous calmer. Quand elle
a ouvert la porte, la fenêtre s'est refermée
avec le rideau coincé dedans. Dans le courant
d'air, nos bisous se sont mélangés !
– C'est très bien ainsi, a-t-elle dit. Vous allez
en prendre autant chacun !
Elle a compté nos bisous. Cela a pris beaucoup
de temps, mais on ne voulait pas qu'elle
arrête. On en avait deux cent cinquante bleus
et autant de roses... Mais il en restait un,
qu'on n'avait pas compté. Un qu'on retrouva
le lendemain, sous la glycine. Un bleu.
Benjamin disait que c'était pour lui.

– Coupons-le en deux ! cria Claire qui
en avait assez de notre guerre des bisous.
– Couper un baiser de Maman, jamais !

La bataille a repris. À ce moment-là,
on a entendu la sonnette : trois petits coups
et un grand. Le signal de Papa !
On s'est jetés dans ses bras. Il n'était pas rasé
et ça piquait comme un rosier, mais c'était
tout de même meilleur que des bisous
de papier. Surtout que les bisous de Papa
sont rares. Il n'habite pas avec nous
et il est toujours en voyage.
– Tu ne travailles pas, Papa ?
– Mais vous ne savez donc pas que
c'est samedi aujourd'hui et que j'ai promis
de vous emmener au restaurant
et au spectacle de clowns après ?

On avait complètement oublié. Claire aussi, et même Maman, je suis sûre.
Pendant qu'on se préparait, Claire a raconté à Papa qu'on avait bien mangé, qu'on ne manquait de rien... si ce n'est de bisous. Elle lui a expliqué qu'on faisait des calculs compliqués et qu'on n'en avait jamais assez.

Elle a ajouté qu'elle avait la tête qui allait exploser à cause de nos histoires.
Alors Papa a dit que Claire avait bien besoin de partir en week-end et qu'il allait nous aider à recompter.
Il resterait jusqu'au retour de Maman.
Ouais ! On en était à combien de bisous déjà ?

Mon trèfle porte-bonheur

Elsa Devernois, illustrations d'Églantine Bonetto

Aujourd'hui, comme tous les mardis,
ma grand-mère m'accompagne à mon cours
de gym après l'école.
Soudain, Mamie me crie :
– Attention, Astrid, ne passe pas sous l'échelle.
Ça porte malheur ! C'est comme les chats
noirs, c'est terrible !
Elle a un drôle de regard apeuré.
Du coup, je n'ose pas lui demander pourquoi
une innocente échelle lui fait si peur.

J'attends d'être rentrée à la maison
pour me précipiter vers Maman :
– Tu sais, Mamie, elle est bizarre. Elle a peur
des chats et des échelles.
Et je fais « toc, toc » avec mon doigt
sur ma tempe.
Maman m'explique en souriant :
– Ah, tu ne savais pas ? Ta grand-mère
est très superstitieuse. Elle croit que plein
de choses portent malheur. Comme casser
un miroir par exemple. Ou être treize à table.

– Ah bon ! Et est-ce qu'il y a des choses qui portent bonheur ?
– On dit que trouver un trèfle à quatre feuilles, ça porte chance, parce que c'est très rare. Mais moi, je ne crois pas à ces sornettes !

Moi non plus, je n'y crois pas. Mais quand même, j'ai bien envie d'aller faire un tour dehors. Comme ça, juste pour voir...

Je m'accroupis dans le jardin
et je commence à effleurer le gazon.
En fait, j'examine les trèfles, un par un.
Hélas, ces idiots n'ont que trois feuilles !
Lentement, j'avance comme un canard.
Je dois être ridicule mais c'est plus fort que moi, je n'arrive plus à détacher mon regard de l'herbe. Je caresse la pelouse longtemps, longtemps...
Et soudain, je découvre un beau,
un magnifique trèfle à cinq feuilles ! *Hourra !*

Ça valait vraiment le coup de marcher en canard.
Je rentre vite à la maison et je glisse mon trèfle à cinq feuilles dans une pochette en plastique pour le protéger.
Je le mets dans la poche de mon manteau.
Maintenant, il ne me quitte plus.

Le lendemain, un mercredi, Maman
me demande de l'accompagner au marché.
Il fait beau, et moi j'adore le soleil.
Ça me rend joyeuse, alors je me mets
à danser sur la pointe des pieds.
Une marchande de fruits sourit en me
voyant. Puis elle s'exclame, en regardant
Maman :
– Vous avez une fille bien gracieuse !
Maman rosit de plaisir.
– Tu es bien mignonne ! me dit la marchande.
Attends, je dois avoir quelque chose pour toi.
Elle fouille dans ses poches,
y trouve un sifflet vert, et me le tend.
Tandis que je la remercie, Maman me glisse
à l'oreille :
– Dis donc, tu as bien fait de venir avec moi,
toi !

Sur le chemin du retour, nous passons
devant une cabine téléphonique. Je m'écrie :
– Regarde, Maman ! Quelqu'un a laissé
une carte à l'intérieur.
Je rentre dans la cabine pour prendre la carte
abandonnée. Mon grand-père en fait
collection. Je la lui donnerai, ça lui fera plaisir.
Maman n'en revient pas :
– Eh bien ! C'est vraiment ton jour de chance !
Je tâte le trèfle dans ma poche.
C'est si bon de le savoir là.

Le lendemain, une autre bonne nouvelle
m'attend à l'école. Ma meilleure amie, Flora,
me tend une enveloppe :
– Voilà une invitation pour mon anniversaire.
Tu viendras samedi, hein ?
Décidément, il ne m'arrive que des choses
chouettes cette semaine. Depuis que j'ai
trouvé ce trèfle, j'ai l'impression que ma
vie a changé. Elle est nettement plus belle
qu'avant. Je me sens comme une petite
bergère qui serait soudain devenue reine.

Alors le soir, en croisant Madame Restac,
la voisine, je ne peux pas m'empêcher de lui
tirer la langue. Depuis le temps que ça me
démangeait, ça fait du bien.

Elle m'agace à espionner tout le monde
derrière ses rideaux. Si elle croit que je n'ai
pas remarqué son manège ! Ça ne va sûrement
pas lui plaire, mais tant pis. De toute façon,
avec mon porte-bonheur, j'ai la chance
de mon côté !

Le lendemain, je me rends à l'école,
en sifflotant. Je n'ai pas appris mes leçons,
ni fait mes devoirs, mais ça ne m'inquiète
pas. Je n'en ai plus besoin puisque ma vie
s'est transformée en conte de fées et que plus
rien de mauvais ne peut m'arriver.
C'est du moins ce que je pense jusqu'à
ce que la maîtresse ait la mauvaise idée
de m'interroger.

Debout à son bureau, elle regarde la classe et annonce :

– Vous deviez apprendre la leçon sur les serpents. Astrid, dis-moi ce que tu sais des couleuvres !

Aucune idée ! Les serpents, je n'en connais pas le bout de la queue d'un. Je bafouille. Je rougis.

J'ai envie d'expliquer : « Ce n'est pas de ma faute ! C'est à cause de mon porte-bonheur. Je pensais que de l'avoir dans la poche, ça suffisait. Que tout dans ma vie serait plus facile. Et que je n'avais plus besoin de travailler. »

Mais finalement, aucun son ne sort de ma bouche. La maîtresse prend un air fâché :

– Je suis déçue, Astrid. Toi qui es si appliquée d'habitude !

Je baisse la tête. Je me sens un peu minable. Mais surtout, je ne comprends pas pourquoi mon porte-bonheur s'est soudain détraqué. Comme tout le reste de la matinée se déroule sans autre problème, j'oublie rapidement ce petit incident. Aussi, quand à la récré on commence une partie de foot, je me sens devenir une autre Astrid. Je ne suis plus celle qui a toujours peur de se prendre un ballon sur la tête !

Grâce au trèfle dans ma poche, c'est sûr,
je me sens transformée en Astrid-la-super-
championne-de-l'école.
Ah ! Je vais les épater pour une fois !
Pendant que Rémi forme les équipes,
je lui arrache le ballon des mains.
Et je commence à dribbler dans toute la cour.
– Arrête de jouer perso, me crie Rémi.
Rends-nous le ballon.
Il peut crier s'il veut, ça m'est égal.
C'est moi la plus forte. Je pousse tous ceux
qui se mettent sur mon chemin et je shoote.
Ouais ! But !
– Oh ! Astrid, t'es vraiment casse-pieds
aujourd'hui, s'énerve Flora.
Elle ne m'a jamais lancé un regard aussi
méchant. Pire, elle me tourne le dos,
en ajoutant, fâchée :
– T'es plus ma copine !
Quelque chose se serre dans ma poitrine.
Je m'en veux. Se disputer avec sa meilleure
amie, la veille de son anniversaire, c'est trop
nul ! Je préfère rendre rapidement le ballon
à Rémi.

Finalement, personne ne veut de moi dans
son équipe et je passe la récré toute seule,
assise sur un banc à regarder les autres jouer.
Je n'y comprends plus rien. J'ai envie de
pleurer. C'est sûr, il y a un problème avec
mon trèfle.
Mais oui, bien sûr ! S'il se détraque
quelquefois, c'est parce que ce n'est pas
un véritable porte-bonheur.
Les trèfles magiques ont quatre feuilles
et non cinq. Il faudrait donc que je lui
arrache une feuille !
Aussitôt, je sors le trèfle de ma poche
et je le transforme en vrai porte-bonheur !
Tchic ! Adieu, cinquième feuille de malheur !
Maintenant, j'en suis convaincue,
la chance va me sourire à nouveau.

Hélas, je me suis réjouie trop vite...
Parce que, lorsque je retrouve Maman
à la sortie de l'école, je vois à son air contrarié
qu'elle est fâchée après moi. D'habitude,
elle me sourit toujours. Mais aujourd'hui,
elle ne me tend même pas mon goûter.
À la place, elle me passe un savon :
– Qu'est-ce que tu as fait à Madame Restac ?
Je l'ai rencontrée tout à l'heure. Elle était
furieuse après toi. Elle m'a dit que tu étais
mal élevée. Elle criait dans la rue. J'étais
très gênée.
Je baisse la tête. Je me sens un peu honteuse.

Maman ajoute, sur un ton grave :
– Je veux que tu ailles t'excuser auprès d'elle
en rentrant.
C'est vrai, j'ai été nulle de tirer la langue à
Madame Restac. Elle habite toute seule dans
sa grande maison, la pauvre ! Si ça se trouve,
elle regarde simplement par la fenêtre pour
avoir une distraction.
Maman continue :
– Et puis j'ai une mauvaise nouvelle. Mamita
s'est cassé le pied. Tu ne pourras pas aller
chez elle pour les vacances.
Oh non ! Moi qui aime tant passer
mes vacances au bord de la mer avec elle !
Quelle tuile !
C'est fait, je suis allée m'excuser.
Mais en sortant de chez Madame Restac,
un camion me frôle au bord du trottoir.
Splatch ! Il roule dans une flaque et me voilà
trempée de la tête aux pieds. Tous mes habits
sont mouillés. Rien n'a résisté à l'inondation.
À part mon trèfle dans son sachet !
À croire qu'il ne se porte bonheur
qu'à lui-même, celui-là !

Toute dégoulinante, je fonce à la maison.
Je me précipite dans ma chambre et je claque
la porte derrière moi tellement je suis énervée.
En changeant de vêtements, je hurle :
– La vie est nulle ! Nulle ! NULLE !
Il ne m'arrive que des catastrophes depuis
ce matin. Tout ça, c'est la faute de mon trèfle.
Il ne porte pas bonheur du tout !
En plus, je me rends compte que je n'ai rien
gardé ! La carte téléphonique, je l'ai donnée
à mon grand-père. Le sifflet de la marchande,
je l'ai offert à mon cousin Pilou. Et pour
l'anniversaire de Flora, il n'y a aucun miracle :
elle devait m'inviter de toute façon. Non,
vraiment, ce porte-bonheur est minable.
Encore plus nul que le plus nul des nuls !
Ce sont des idioties, toutes ces superstitions.
De rage, je sors le trèfle de ma poche.

Je le déchire en tout petits morceaux.
Puis je le jette dans les toilettes, et je tire
la chasse. Voilà, c'est tout ce qu'il mérite,
cet horrible trèfle de malheur !

Le lendemain après-midi, j'arrive chez Flora.
Je vois à son air qu'elle n'est plus fâchée
après moi. Elle semble même avoir
complètement oublié l'histoire du ballon
de foot. Elle me sourit comme lorsque
nous étions les meilleures amies du monde.
D'ailleurs, nous nous amusons comme
jamais tout l'après-midi.

Le soir, c'est Papi qui vient me chercher.
Mes parents ont décidé que je passerai
la nuit chez lui et Mamie, avec Pilou.
Chouette ! On va pouvoir faire les fous.
Papi me dit :
– Astrid, je voulais te remercier pour ta carte
téléphonique. Regarde, je t'ai acheté
un cadeau.
Et il m'offre le porte-monnaie dont je rêvais.
Smack ! Je lui plaque un gros bisou
sur sa joue qui pique.
Du coup, Pilou se sent obligé de dire :
– Moi aussi, je vais te donner un cadeau,
alors.
Et il me tend un collier.

– Je l'ai gagné dans un œuf surprise. Mais, les colliers, c'est pour les filles.

Ah bon ? Et le sifflet vert qu'il porte autour du cou et avec lequel il joue au policier toute la soirée, ce n'est pas une sorte de collier peut-être ?

Entre le porte-monnaie, le collier et la fête chez Flora, j'ai passé une rudement bonne journée. Hé ! Hé ! Être gentille avec les gens, c'est peut-être ça qui me porte bonheur finalement.

Au dîner, quand Mamie pose le plat sur la table, je grimace :

– C'est de la brandade de morue ?

– Oui, ma chérie.

– Oh non ! La dernière fois que j'en ai mangé, j'ai été malade.

Mamie devient soudain très pâle :

– Oh ! là, là ! Pourvu que ça ne t'arrive pas cette fois-ci. Je touche du bois.

Vite, je me bouche les oreilles. Je ne veux plus l'entendre parler de superstitions ! Plus jamais.

Le doudou perdu d'Océane

Kochka, illustrations de Claire Delvaux

Chaque matin, en entrant dans la classe, les enfants déposent leurs doudous dans un grand panier. Mais, après les vacances de Pâques, la maîtresse Nadia leur dit :
– L'année prochaine en CP, vous ne pourrez pas les emmener ; alors, il faut vous habituer à les laisser à la maison. Donc, demain, si le grand panier est vide, à sa place, je vous promets une surprise !

Le lendemain, un doudou dort dans le panier.
– C'est le mien, dit Océane avec une toute petite voix.
– Océane, murmure la maîtresse en se penchant à son oreille, si tu libères le panier, demain, on installera un théâtre.

À l'heure de la sortie, les mamans discutent en marchant devant. Jean et Nico se moquent de la petite Océane :
– Océane est un bébé-eu, elle a toujours son doudou-eu.
Océane est très vexée. Elle leur dit :
– Non, c'est pas vrai !
– Alors jette-le ! dit Nico en passant devant une poubelle.

– Oui jette-le ! répète Jean.
Alors Océane jette son lapin et les mamans ne voient rien.

La nuit tombe sur le lapin et la poubelle, quand Clara sort de chez elle.
Clara est aussi à la maternelle, mais elle ne connaît presque pas Océane qui n'est pas dans la même classe.
– Dépêche-toi ! lui dit sa sœur en la tirant derrière elle. La boulangerie va fermer !
Mais à cet instant, Clara voit une oreille qui dépasse de la poubelle.
– Regarde, crie-t-elle, il y a un doudou jeté !
– On n'a pas le temps, lui répond Anabelle. Et, on ne ramasse pas dans les poubelles !

De retour à la maison, Clara saute sur sa maman !
– Maman, Maman, il y a une oreille dans la poubelle du réverbère ! Il faut aller voir qui c'est !
– Une oreille ? s'étonne Maman.
– Oui Maman, une oreille de doudou !
– Tu en es sûre ? demande Maman. Attends, je mets mes souliers.

Cinq minutes après, Maman et Clara reviennent avec un petit lapin crotté.
– Qu'il est sale ! dit Maman en le fourrant dans la machine à laver.
La machine commence à tourner.
Tête en haut, chante Clara, *tête en bas ; tête en haut ; tête en bas.*

Une heure plus tard, Maman ouvre le hublot.
Le lapin atterrit dans une bassine.
– Maman, crie Clara, regarde, c'est écrit dans son oreille !
Maman attrape le lapin et lit :
« Lapin de Nane pour la vie. »
Dans l'autre oreille, un nom plus long est effacé.
« Pauvre petit lapin mouillé, pense Clara.
Et pauvre Nane tout triste. »

De son côté, dans sa maison, Océane n'arrive pas à s'endormir.
– Enfin Nane, où as-tu mis ce lapin ? s'énerve sa maman en fouillant l'appartement.
Océane éclate en sanglots :
– Il est dans la poubelle de la rue...
Quand elle comprend toute l'histoire, sa maman part en courant.
Hélas, dehors, les poubelles de la rue sont vides, et le lapin n'est plus là.

Le lendemain, Océane est complètement fatiguée. Sa maman voit la maîtresse devant l'école. Elle lui raconte ce qui s'est passé.

Mais justement, Clara arrive avec sa maman et, en entendant quelques mots de leur conversation, elle comprend que le petit nom d'Océane, c'est Nane !
– J'ai ton doudou ! crie-t-elle. Il est avec mon doudou !
Le visage d'Océane s'éclaire !

Puis Océane, Clara et les deux mamans courent chercher le petit lapin sauvé !

Sur le lit de Clara, un lapin aux grandes oreilles discute avec des peluches.
Océane se précipite et le prend dans les bras.
– Tu sais, lui dit Clara en attrapant aussi son doudou Crapounet, les doudous n'aiment pas l'école ; ils ont peur de se perdre.
Moi, le mien ne quitte jamais mon lit !
Océane s'étonne :
– Mais tu n'as pas peur qu'il soit triste sans toi ?
– Non, répond Clara, il n'est pas seul, il s'occupe. Et le soir quand je rentre, il saute dans mes bras comme ça : BING !
Et après, on a plein de choses à se raconter !

Sauvée par les animaux

Jean Muzi, illustrations de Kersti Chaplet

Un jour, une petite fille disparut
mystérieusement. Sa mère eut beau
la chercher, elle ne parvint pas à la retrouver.
La disparition de sa fille la rendit si triste
qu'elle pleurait jour et nuit.
Or, cette femme était l'amie des animaux.
– Pourquoi es-tu si triste ? lui demanda
le chat.
– Ma fille a disparu, sanglota la maman.
– Je vais faire de mon mieux pour la retrouver,
lui promit le chat.
Il se mit aussitôt à la recherche de la petite
fille. Il fouilla toutes les cases du village.
Et comme il ne la trouvait pas,
il décida de s'adresser au chien.
– La fille de ma maîtresse a disparu,
dit le chat au chien. Pourrais-tu m'aider
à la retrouver ?

Le chien accepta.
Il chercha dans tous les villages des environs.
Mais il revint bredouille.
Alors le chat alla chez le bélier.
– Toi qui connais tous les champs autour
de notre village, lui dit le chat, regarde
si la fille de ma maîtresse ne se trouve pas
dans l'un d'eux.
Le bélier chercha en vain toute la journée.
Le lendemain, le chat parla au bœuf qui fit lui
aussi de longues recherches dans la brousse.

– Je n'ai pas retrouvé la petite fille,
dit-il au chat avec regret lorsqu'il revint.
Le chat interpella enfin l'aigle.
– Tu connais bien le ciel, Seigneur
des oiseaux, lui dit-il. Regarde si la fille
de ma maîtresse ne s'y trouve pas.
L'aigle s'envola aussitôt. Il tournoya dans les
airs et monta si haut qu'il fut bientôt caché
par les nuages. C'est alors que l'aigle aperçut
la petite fille qui était prisonnière d'un génie.

L'aigle redescendit et se posa près des autres
animaux qui s'étaient réunis pour l'attendre.
– L'as-tu retrouvée ? interrogèrent-ils.
– Oui, répondit l'aigle. Mais je n'ai pas pu la
ramener car un génie la retient prisonnière.
– Comment faire pour la libérer ? demanda
le chat.
– Un ami faucon m'a donné la solution,
déclara l'aigle.
– Parle ! s'exclamèrent les animaux.

– Voilà, poursuivit l'aigle. Pour délivrer
la petite fille, il faut tuer le génie. Mais la vie
du génie se trouve au fond du fleuve. Au fond
du fleuve, il y a un rocher. Dans ce rocher,
une antilope. À l'intérieur de cette antilope,
une tourterelle. Le ventre de cette tourterelle
contient un œuf. Pour supprimer le génie,
il nous faut cet œuf.
Les animaux gardèrent le silence quelques
instants.
Puis le chat s'adressa au bœuf.
– Parmi nous, tu es celui qui boit le plus,
dit-il. Tu peux donc assécher le fleuve.
– Je vais essayer, répondit le bœuf.
Et le bœuf but toute l'eau du fleuve.
Dans le lit à sec, le chat aperçut un rocher.
– Tes coups de cornes sont redoutables,
dit le chat au bélier.

– C'est ce que tout le monde prétend,
répondit modestement celui-ci.
Le bélier fonça tête baissée sur le rocher
et le fendit du premier coup.
Une antilope en sortit et prit rapidement
la fuite.
– À toi de jouer ! cria le chat à l'adresse
du chien.
Le chien poursuivit l'antilope
et réussit à l'attraper.
Les animaux la dépouillèrent
et une tourterelle en sortit, qui s'envola.

– Toi seul possèdes des ailes, constata le chat en regardant l'aigle, ne la laisse pas s'échapper. L'aigle prit son envol et fondit sur la tourterelle qu'il rapporta. La tourterelle ne tarda pas à pondre un œuf et eut ainsi la vie sauve. L'aigle saisit délicatement l'œuf entre ses serres, monta très haut dans le ciel et disparut dans les nuages.

Lorsque l'aigle aperçut le génie, il lui lança l'œuf sur la tête. Et le génie mourut aussitôt. Sans attendre, l'aigle récupéra la petite fille et la ramena sur terre.
La petite fille fut très heureuse de retrouver sa maman. Et la mère remercia longuement tous les animaux qui avaient sauvé son enfant.

Mon papa rien qu'à moi
Claire Clément, illustrations de Zaü

Angéla est la fille du géant des bois.
Angéla est très fière de son géant de papa.
Parce qu'il est grand, bien sûr, mais aussi
parce qu'il est drôle. Il sait imiter le bruit
des vagues, celui de l'orage et même le cri
du coq qui réveille les fermiers. Souvent,
il entraîne Angéla à la fenêtre et lui dit :
– Regarde bien, Angéla, derrière l'arbre.
Est-ce que tu le vois ?
Angéla a beau regarder, elle ne voit rien.
Le géant insiste :
– Derrière l'arbre, le troisième... compte,
"Un, deux, trois", eh bien là, un lutin se cache.
Tu vois son petit bonnet qui dépasse ?
Il en a mis un blanc pour qu'avec cette neige,
on ne le voie pas, mais moi je le vois, ha ha !
Et toi ?

À chaque fois, le cœur d'Angéla bat très fort,
elle regarde, elle regarde... et, à force,
elle finit par voir le petit bonnet qui dépasse,
et elle s'écrie :
– Ça y est, je le vois, je le vois !
Alors le géant des bois prend Angéla dans
ses grands bras, il la fait tourner comme
pour danser, et il rit, il rit en disant :
– Mon petit ange à moi qui voit tout comme
son géant de papa !

Angéla a une petite sœur aussi
que tout le monde appelle Pucette.
Pucette sait marcher maintenant.
Mais ça ne l'intéresse pas ! Ce qu'elle préfère,
ce sont les genoux, les bras, les épaules
du géant des bois. Et le géant aussi aime ça.
Quand la femme du géant dit :
– C'est l'heure d'aller au lit, Pucette !
Le géant bougonne :
– Oh, laisse-la encore un peu...
Et Pucette crie :
– Oui, cor... cor !

Un jour que la femme du géant n'est pas là,
Angéla met la table. Le géant lui caresse
gentiment les cheveux :
– Bravo, Angéla ! dit-il.
Le lendemain, Angéla aide le géant à ranger
tout le bois. Et, quand c'est fini, le géant lui
caresse la joue :
– Bravo, Angéla ! dit-il.
L'après-midi, Angéla ramasse les pommes
qui sont tombées de l'arbre.
Et le géant lui dit encore :
– Bravo, Angéla !

Angéla aime tellement les bravos
de son géant de papa que le soir, dans son lit,
elle imagine déjà ce qu'elle pourrait faire
le lendemain. Elle se dit :
« Pucette est peut-être sur ses genoux,
mais à qui papa dit "bravo" ?
À moi, et rien qu'à moi ! »
Angéla regarde sa sœur qui dort dans
un petit lit à côté d'elle, et elle chuchote :
– Parce qu'il m'aime plus que Pucette, na !

Le lendemain, Angéla entend le géant
des bois dire qu'il doit couper toutes
les branches qui dépassent de la haie.
Alors, ni une ni deux, *hop !* Angéla prend
des ciseaux, un escabeau, elle va jusqu'à
la haie, et elle commence à couper tout ce
qui dépasse. Ce n'est pas facile car l'escabeau
bouge tout le temps.

Quand le géant voit Angéla, perchée
sur l'escabeau avec des ciseaux, il ne dit pas
bravo du tout ! Il gronde :
– Je t'interdis de faire ça ! Descends tout
de suite de là.
Il prend les ciseaux, l'escabeau, et il s'en va
à grands pas ranger tout ça.

Pendant le repas, Angéla voit bien que
le fromage n'est pas sur la table.
Elle décide d'aller le chercher à la cave, toute
seule, même s'il fait noir et que ça fait peur.
En remontant les escaliers, elle entend
des « gr... gr... » comme des grattements.
Elle a tellement peur qu'elle remonte vite
l'escalier, si vite qu'elle rate la dernière
marche, et qu'elle s'écroule par terre
avec tous les fromages autour d'elle.
Le géant est en colère :
– C'est pas possible une maladroite pareille !
Allez, assieds-toi et ne bouge plus !
Angéla regarde le géant des bois. Elle aimerait
tellement lui dire que c'était pour lui faire
plaisir, pour qu'il dise encore « Bravo, Angéla ! ».
Mais le géant ne la regarde plus.
Il chante *À da da sur mon bidet* à Pucette.

Un après-midi, il fait tellement chaud
que le géant des bois emmène tout le monde
se baigner près du grand torrent.
Pucette veut escalader un petit rocher.

Ses pieds glissent un peu, mais Pucette tient
bon, elle ne tombe pas. Et cahin-caha,
elle arrive en haut. Elle est si contente
qu'elle s'applaudit. Le géant l'applaudit
aussi en criant gaiement :
– Bravo, Pucette !

Angéla sent son cœur devenir froid comme
un glaçon, froid comme l'eau du torrent
qui fuit entre ses pieds. Elle s'en va. Il y a un
rocher là-bas, un rocher immense, un rocher
géant. Jamais Pucette ne serait capable
d'escalader ce rocher-là !
Angéla commence à grimper.
Ses pieds glissent, elle fait attention où elle
les pose. Et, tout en grimpant, elle se dit :
« Cette fois c'est sûr, il va me dire
"Bravo, Angéla !", et Pucette ne comptera pas
avec son petit rocher de rien du tout ! »
Une fois en haut, Angéla appelle le géant
des bois :
– Hou, hou, je suis là !
Le géant tourne la tête et il la voit.
Angéla crie encore :

– Allez, viens m'attraper !
Angéla est très contente parce que jamais
Pucette ne pourra venir jusque-là,
et Angéla pourra jouer toute seule
avec le géant des bois.

Le géant s'avance vers le rocher, il ne quitte
pas Angéla des yeux, il commence
à grimper... Et quand il parle, c'est drôle,
Angéla ne reconnaît pas sa voix.
Elle est toute basse, et hachée, comme s'il
avait du mal à respirer. Le géant des bois dit :
– On va jouer... à la statue. Tu en connais...
tu en as déjà vu ? Fais comme elle...
ne bouge plus...
Mais Angéla est tellement excitée à l'idée de
jouer, qu'elle se met à sautiller sur le rocher.
Et soudain, elle se sent glisser...
Elle tombe, tombe... dans l'eau furieuse
du torrent. Elle veut crier :
– Pap...
Mais elle avale un paquet d'eau.
Quand soudain une main ferme la rattrape
et l'emporte sur un rocher. C'est le géant
des bois, qui a plongé dans l'eau.
Maintenant il la serre dans ses bras,
il l'embrasse sur le front, sur les joues :
– Angéla, pourquoi tu as fait ça ?
Des larmes coulent le long des joues d'Angéla,
elle répond :
– Je voulais... je voulais que tu dises
" Bravo, Angéla ! "...

Alors au bout d'un moment, le géant des bois
dit doucement :
– Angéla, je t'aime plus fort que ce rocher
que tu as voulu escalader et qui aurait pu
te tuer, je t'aime plus fort que la haie que
tu veux tailler pour moi, que le fromage
que tu vas courageusement chercher
à la cave, que les pommes que tu ramasses,
ou que la table que tu mets pour m'aider.
Angéla demande :
– Est-ce que tu m'aimes plus fort que Pucette ?
– Non, répond le géant, sinon ce serait trop
triste pour Pucette, tu ne trouves pas ?
C'est vrai, Angéla n'avait jamais pensé à ça.

Le géant continue :
– Mon cœur est comme un ballon, plus il aime, plus il gonfle. Mais toi, tu n'es pas comme Pucette, et Pucette n'est pas comme toi, et comme vous ne jouez pas au ballon de la même façon, le ballon rebondit différemment. Tu comprends ?
Angéla hoche la tête.

L'eau du torrent brille avec le soleil. On dirait...
– Là, murmure Angéla, derrière le rocher, le troisième, tu vois ? Il y a la queue d'une sirène, on pourrait croire que c'est le soleil qui joue avec l'eau, mais pas du tout ! C'est une sirène, et je la vois. Pas toi ?

Le géant regarde, il regarde... puis soudain il s'écrie :
– Ça y est, Angéla, je la vois, je la vois !
Angéla rit, elle rit !
Alors le géant des bois la prend dans ses grands bras, il la fait tourner comme pour danser, et il rit aussi en disant :
– Mon petit ange à moi qui aime tellement jouer avec son géant de papa !

La petite sirène

D'après Andersen, illustrations de Charlotte Gastaut

Au loin, très loin à l'horizon, la mer est plus bleue que le bleuet, plus limpide que le cristal, mais si profonde qu'il est impossible d'y jeter l'ancre. Des milliers de poissons multicolores frétillent dans ces eaux cristallines.
Des milliers de fleurs délicates ondulent, bercées par les douces vagues des profondeurs marines. C'est là, tout en bas, que vivait le roi de la mer. Il était veuf depuis des années, et sa vieille mère l'aidait à élever ses filles, six petites princesses charmantes, douées de voix merveilleuses.
La plus jeune était la plus belle : une peau fine d'un blanc éclatant et des yeux aussi bleus que le fond de l'océan.
Comme ses sœurs, elle n'avait ni jambes ni pieds, mais une longue queue de poisson.
Son plus grand plaisir était d'écouter les récits de sa grand-mère sur le monde d'en haut où vivent les hommes.
Elle s'émerveillait sans se lasser de ce que, sur la terre, les fleurs ont un parfum et que les forêts y sont vertes.
Ce monde inconnu, elle ne pourrait le découvrir, comme ses sœurs, qu'à l'âge de quinze ans.

Sa sœur aînée monta la première à la surface. À son retour, elle parla de la grande ville où scintillaient mille lumières, du tintement de ses cloches, du joyeux brouhaha des hommes.
L'année suivante, ce fut au tour de la seconde. Elle raconta que le spectacle le plus ravissant était celui du coucher du soleil, quand le ciel devient comme de l'or.
Puis vint le tour de la troisième sœur.
Elle décrivit les forêts magnifiques, les vertes collines et les jolis enfants qui savaient nager, bien qu'ils n'aient pas de queue de poisson.
La quatrième sœur admira à son tour le spectacle de la pleine mer, les bateaux qui croisaient au loin, les dauphins qui faisaient des culbutes et les baleines qui lançaient des jets d'eau.

Le tour de la cinquième sœur tomba en hiver. Elle vit les éclairs rouges plonger dans la mer noire et illuminer des montagnes de glace.
Chacune, au bout d'un mois, finissait par penser que rien ne valait le monde d'en bas.

La plus jeune, elle, attendait avec impatience que vienne son tour de découvrir ce monde qui l'attirait tant.

Et enfin, la petite sirène eut quinze ans. Au crépuscule, elle leva la tête hors de l'eau. Elle fut aussitôt émerveillée par un grand voilier, scintillant de lumières. Elle nagea jusqu'au hublot du salon et aperçut une foule de personnes élégantes. La plus belle de toutes était un jeune prince aux grands yeux noirs. Il fêtait joyeusement son seizième anniversaire. La petite sirène ne pouvait se lasser de l'admirer.

Soudain les vagues enflèrent, des nuages noirs s'amoncelèrent, il y eut des éclairs. Une formidable tempête se préparait et le navire tanguait sur la mer en colère. Bientôt le mât se brisa comme un roseau et l'eau pénétra dans la coque. La petite sirène vit le jeune prince s'enfoncer dans les flots impétueux. Elle fut d'abord contente qu'il descende vers elle, puis elle se rappela que les hommes ne peuvent vivre dans l'eau. Alors, elle plongea et nagea jusqu'au jeune prince, qui, épuisé, ne pouvait plus lutter. Elle tint sa tête au-dessus de l'eau et avec lui se laissa porter par les vagues.

Le matin, le beau temps était revenu.
La petite sirène nagea jusqu'au rivage
et y coucha le prince qui n'avait toujours
pas ouvert les yeux. Elle déposa un baiser
sur son front et souhaita que le soleil
lui redonne vie.
Bientôt des cloches se mirent à sonner
et la petite sirène se cacha derrière
des rochers. Une jeune fille ne tarda pas
à s'approcher. D'abord effrayée, elle courut
ensuite chercher de l'aide. La petite sirène vit
que le prince reprenait vie et souriait à ceux
qui l'entouraient. Lorsqu'il fut conduit dans
un grand bâtiment, elle plongea et retourna,
triste et pensive, au palais de son père.
Ses sœurs lui demandèrent ce qu'elle avait vu
là-haut, mais elle ne raconta rien. Plus d'une
fois, elle retourna à l'endroit où elle avait
laissé le prince, mais celui-ci avait disparu.
Elle finit par confier son secret à ses sœurs
qui le répétèrent à leurs amies. L'une d'elles
connaissait le prince, savait d'où il venait
et où était son royaume.

La petite sirène découvrit ainsi le château
du prince. Elle revint très souvent dans cet
endroit enchanteur, nageant sous le balcon
du prince et restant à le regarder alors
qu'il se croyait seul.

Chaque jour, elle rêvait un peu plus
au monde fascinant des hommes.
Elle voulait toujours en savoir davantage
et interrogeait sans cesse sa grand-mère.
– Si les hommes ne se noient pas, peuvent-ils
ne pas mourir ? lui demanda-t-elle un soir.
Sont-ils éternels ?
– Non, répondit sa grand-mère. Ils vivent
moins longtemps que nous, quand nous
mourons au bout de trois cents ans, nous
nous transformons en écume à la surface
de la mer, et tout est fini. Les hommes,
eux, ont une âme qui vit éternellement
après leur mort.
– Que puis-je faire, soupira la petite sirène,
pour acquérir une âme immortelle ?
– Il faudrait qu'un homme t'aime à la folie,
et qu'il t'épouse en te jurant fidélité. Alors
son âme se communiquerait à ton corps,
et tu aurais aussi une part du bonheur
des hommes. Mais c'est impossible.
Ta magnifique queue de poisson, les hommes
la trouvent monstrueuse et lui préfèrent
les deux lourdes colonnes qu'ils appellent
des jambes.
La petite sirène retourna tristement dans
son jardin et se mit à réfléchir. Elle se sentait
prête à tout risquer pour gagner l'amour
du prince et obtenir une âme immortelle.

La petite sirène se résolut à aller trouver l'horrible sorcière de la mer. L'effroi faisait battre son cœur mais elle s'élança bravement au travers des buissons hideux, dont les branches gluantes cherchaient à l'agripper. Dès qu'elle l'aperçut, la sorcière éclata d'un rire abominable :

– Viens par ici, ma belle ! Je sais ce qui t'amène. Tu veux te débarrasser de ta queue de poisson, et que le prince t'aime, t'épouse et te donne une âme immortelle ! Je peux te préparer une boisson qui changera ta queue en deux jambes. Mais tu auras très mal. Tes pas seront gracieux, mais chacun d'eux te causera autant de douleur que si tu marchais sur des lames de rasoir. Es-tu prête à souffrir ?

– Oui, répondit la petite sirène d'une voix tremblante.

– Attention, reprit la sorcière, tu ne redeviendras jamais sirène. Si tu ne gagnes pas l'amour du prince, tu n'auras pas d'âme immortelle. Et s'il se marie avec une autre, ton cœur se brisera et tu ne seras plus que de l'écume de mer.

– Je le veux, dit la petite sirène, pâle comme une morte.

– En paiement, poursuivit la sorcière, tu me donneras ta voix, la plus ravissante jamais possédée par une habitante du fond de la mer.

– Mais alors, que me restera-t-il ?

– Ta charmante figure, ta marche légère
et tes yeux qui parlent ; c'est assez pour
séduire le cœur d'un homme.
La petite sirène se laissa couper la langue
et reçut la fiole qui contenait la boisson
magique.

Le soleil n'était pas encore levé lorsque
la sirène arriva au château du prince.
Elle but l'affreux breuvage et ce fut comme
si une épée lui traversait le corps ;
elle s'évanouit et resta comme morte.
Lorsqu'elle se réveilla, le charmant prince
fixait sur elle ses yeux noirs. Elle baissa
les siens et constata que sa queue avait fait
place à deux jambes gracieuses.
Le prince lui demanda qui elle était,
et d'où elle venait ; elle le regarda d'un air
doux et désolé, car elle ne pouvait parler.
Alors, il lui prit la main pour la conduire
au château. Chaque pas, comme la sorcière
l'en avait prévenue, lui causait des douleurs
atroces ; cependant elle montait l'escalier,
légère comme une bulle. Tout le monde
admirait sa démarche gracieuse et ondoyante,
et surtout le prince. Il annonça qu'elle resterait
toujours auprès de lui. Tous ignoraient
les souffrances qu'elle endurait en marchant
et en dansant.

La nuit, elle descendait secrètement l'escalier
de marbre, rafraîchissait ses pieds brûlants
dans l'eau de la mer, et songeait au château
de son père, et à sa famille…
De jour en jour, elle devenait plus chère
au prince, mais il l'aimait comme on aime
un enfant affectueux, et n'avait pas
la moindre idée d'en faire sa femme.
« N'est-ce pas moi que tu aimes le plus de
toutes ? » semblaient dire les yeux de la petite
sirène, lorsqu'il la prenait dans ses bras
et déposait un baiser sur son beau front.
– Oui, tu m'es la plus chère, disait le prince,
car c'est toi qui as meilleur cœur. C'est toi
qui m'es le plus dévouée, et tu ressembles
à celle qui m'a sauvé la vie. Elle est la seule
que je pourrais aimer d'amour dans
ce monde, mais tu lui ressembles,
parfois même tu remplaces son image
dans mon âme.
« Hélas ! il ne sait pas que c'est moi qui lui ai
sauvé la vie ! » se désespérait la petite sirène.

Un jour, le roi décida de marier le prince
avec la fille du roi voisin
– Je verrai la princesse, dit le prince à la
petite sirène, puisque mes parents l'exigent,
mais je n'en ferai pas ma reine, elle ne peut
pas ressembler à celle qui m'a sauvé.

Si je devais un jour choisir une fiancée,
ce serait plutôt toi, mon enfant trouvée,
muette aux yeux qui parlent.
Et il déposa un baiser sur sa longue chevelure.
Un matin, le vaisseau du roi voisin entra
dans le port. Des hautes tours, les trompettes
sonnèrent, et les soldats se rangèrent sous
leurs drapeaux flottant au vent. Le roi et son
fils attendaient leurs visiteurs sur le quai.
– Mais… c'est toi qui m'as sauvé la vie ! s'écria
le prince. C'est trop de bonheur !
Et il serra dans ses bras sa jolie fiancée
rougissante. La petite sirène dut reconnaître
que jamais elle n'avait vu plus charmante

personne, une peau si délicate et des yeux
bleu sombre si séduisants.

Toutes les cloches carillonnaient.
Dans la cathédrale, les deux fiancés
se donnèrent la main et furent bénis
par l'évêque. La petite sirène, en robe de soie
et d'or, tenait la traîne de la mariée, mais elle
ne voyait pas la cérémonie, elle pensait à tout
ce qu'elle avait perdu.
Le soir même, le prince et sa jeune épouse
s'embarquèrent. Les voiles se gonflèrent
au vent et le grand vaisseau glissa
sur la mer limpide.

Les marins dansaient joyeusement
sur le pont et la petite sirène se joignit
à eux. Nul n'avait jamais vu danseuse
aussi légère. Mais elle ne cessait de penser
à celui pour qui elle avait abandonné
sa famille, donnée sa voix exquise, et souffert
des tourments infinis. C'était la dernière fois
qu'elle respirait le même air que lui, qu'elle
admirait la mer profonde et le ciel étoilé.
Jusqu'à minuit, la joie et la gaieté régnèrent ;
puis les jeunes épousés se retirèrent
sous leur magnifique tente et tous allèrent
se coucher.

La petite sirène, demeurée seule, regardait
du côté de l'aurore ; elle savait que le premier
rayon du soleil allait la tuer. Elle vit alors
ses sœurs sortir de la mer. Leurs longues
chevelures ne flottaient plus au vent :
on les avait coupées.
– Nous les avons données à la sorcière
en échange de ce poignard, lui dirent-elles.

Avant le lever du soleil, enfonce-le dans
le cœur du prince et quand son sang jaillira
sur tes pieds, tu redeviendras sirène !
Tu pourras revenir avec nous au fond
de la mer. Dépêche-toi, l'un de vous deux
doit mourir avant l'aube.
Elles poussèrent un profond soupir
et disparurent dans les flots.
La petite sirène écarta le rideau de la tente,
le couteau à la main. Elle vit la charmante
mariée qui dormait, tout contre le prince.
Elle déposa un doux baiser sur son front,
leva le bras armé du poignard…
et le lança loin dans les vagues.

Elle jeta un dernier regard sur le prince
qu'elle avait tant aimé, et se précipita
à son tour dans les flots.
À ce moment, le premier rayon du soleil
jaillit sur la mer. La petite sirène ne se sentit
pas mourir, mais vit flotter près d'elle dans
les airs mille et une créatures transparentes.

Elle s'aperçut qu'elle avait un corps comme
le leur, et qu'elle s'élevait au-dessus
de l'écume.
La petite sirène entendit une mélodie céleste,
qu'aucune oreille humaine n'aurait pu
entendre.
– Tu as souffert et accepté la douleur,
et tu t'es élevée au monde des esprits de l'air,
tu peux toi aussi par tes bonnes actions
te créer une âme immortelle.

Et la petite sirène versa des larmes
pour la première fois.
Tournant ses yeux vers le grand voilier,
elle vit le prince avec sa belle épousée
qui regardaient avec tristesse les vagues.
Invisible, elle leur sourit, et avec les autres
filles de l'air monta sur le grand nuage
qui voguait dans le ciel.

Index alphabétique

Index par âge

3–4 ans

5–6 ans

6 ans et plus

Index de temps de lecture

Court

Moyen

Long

Index thématique